Crime Intime

Cristiana Scandariato

CRIME INTIME

Nouvelle policière

Éditeur : BoD-Books on Demand
12-14 rond-point des Champs-Élysées, 75008 Paris
Impression : Books on Demand, Norderstedt, Allemagne

Illustration : Caroline Rouffia

ISBN : 978-2-322238385
Dépôt légal : Août 2020

*« **L'enfance est un lieu auquel on ne retourne pas mais qu'en réalité on ne quitte jamais.** »*

Rosa Montario

L'idée ridicule de ne plus jamais te revoir

PROLOGUE

Elle commençait sérieusement à l'ennuyer. Voilà qu'elle se mettait à gigoter, la salope. Le plastique n'était pas très épais. Il avait suffi d'un coup de dents pour qu'elle le déchire. Les cris de la jeune femme terrifiée retentirent de plus belle. À son grand étonnement, l'homme ressentit un plaisir extrême à l'entendre hurler. Il avait pensé jusque là que seule la vue d'une femme morte pouvait réussir à l'émouvoir. Mais maintenant, devant les cris insistants de sa proie, il se sentit au bord de l'extase. Il comprit alors qu'il devait la laisser encore un peu respirer. La laisser se débattre n'était pas si mal non plus. De toute façon, il était le plus fort. C'était lui qui déciderait quand mettre un terme à la souffrance de sa proie. Et puis, ne comprenait-elle pas la chance quelle avait de partager avec lui ses fantasmes ? Il l'avait choisie entre toutes. Si jeune, si frêle. Attablée avec d'autres *salopes* devant un verre de bière dans un snack où les étudiants se rendaient en masse après les cours, il avait senti comme un appel. À sa façon de rejeter sa tête en arrière à chaque fois qu'elle riait, il avait compris. Cela l'avait rendu immédiatement fou de désir. Un violent désir de la faire taire. Il lui remit un autre plastique sur la tête. Mais elle se débattait encore si violemment qu'il ne put lui passer la cordelette autour du cou. De guerre lasse, il la retourna sur le dos. Il la voyait maintenant de face. Ses grands yeux exorbités par la douleur et la peur le fixaient. Sa bouche lui lançait quelques appels au secours. Comme une demande de sursis. Mais pour qui se prenait-elle ? Pensait-elle vraiment qu'il allait laisser son œuvre inachevée ? Tant de beauté dans la mise en scène le laissait pantelant de désir encore inassouvi. Les mains menottées derrière le dos, la tête emmitouflée dans le plastique qui montait et redescendait à chaque fois qu'elle tentait, péniblement, de lancer un appel d'air pour simplement continuer de vivre...

Elle avait raison, pensa t-il alors. *Ne meurs pas tout de suite, je n'ai pas encore fini. Ne me gâche pas mon plaisir.* La jeune femme se mouvait de moins en moins vite. Il en profita pour lui passer une dernière fois la cordelette autour du cou. Méthodiquement il serra. D'abord doucement pour laisser le temps à la jeune femme de comprendre que bientôt, tout serait terminé. Il savourait les secondes qui passaient tandis que la langue de sa victime se faisait légèrement violacée et que ses yeux, dans lesquels de magnifiques larmes coulaient, se révulsaient lentement. L'artiste en lui s'était réveillé, c'était indéniable. C'était son premier essai, sa première tentative réelle après tous ces longs mois à y *penser*. Comment avait-il pu douter de lui même ? Ce qu'il avait réussi à faire, la création de son objectif au service de son art était absolument merveilleux. Pas d'esquisses premières. Il était passé directement au chef d'œuvre sans le moindre échec. Sa suffisance, alors qu'il comprenait que la victime n'allait pas tarder à suffoquer, lui soufflait de lui caresser la peau. A sa manière. Souriant, il libéra l'une de ses mains tandis que l'autre lâcha la cordelette pour appuyer fortement sur la tranchée. La jeune femme lança un nouveau cri. Il attrapa son couteau et lui planta la lame au bas du ventre. Cette fois ci, le hurlement fut plus violent. Une sorte de musique qui inonda l'âme du tueur de spasmes. La jouissance était proche. Il allait atteindre son but. Il planta de nouveau son couteau sur les bras puis sur la poitrine. Le sang gicla au travers de la chemisette qu'il avait pris soin de déboutonner. Il frappa et frappa encore. C'est alors que la jeune femme s'évanouit. Durant quelques secondes, il la crut morte.

Pas maintenant, salope! s'exclama t-il presque déçu. Il la gifla. Il adora le regard qu'elle lui lança. Comme si durant son évanouissement, elle avait perdu le sens des réalités. Elle donnait l'impression de ne plus savoir où elle était. Alors il se mit à rire et approcha son visage de la victime. Il ne voulait pas rater l'effroi qu'il recommençait à lire dans ses yeux. Les larmes avaient pris possession de tout le visage de la jeune femme traumatisée. Il les écrasa de sa lame. Avec son couteau il lui caressa le ventre, puis sa jambe droite. La lame fouilla ses organes. Le corps était inondé de sang. Et elle respirait encore. La vue de la rivière pourpre qui coulait sur ses seins l'excita de plus en plus. Il était réellement le maître. Il avait réussi ! Il ressentait le besoin de se nourrir encore un peu de la frayeur qu'il avait su faire naître en elle.

Puis, alors qu'il lui tranchait la gorge délicatement, il poussa un cri sauvage. L'orgasme l'assaillit. Vivement, il se recula de la chose sanguinolente qui agonisait à petits feux à quelques centimètres de lui. Il se recula encore un peu, traînant son fessier et s'aidant de ses deux mains pour arriver finalement jusqu'à la cloison. Le dos appuyé contre le mur, recouvert de sang, il observa la scène tout à la fois heureux et déconcerté. Cela avait été si facile. Sa respiration reprit son allure de croisière tandis que celle de sa proie venait de lancer un râle. Tout était parfait. Il voulait se repaître une dernière fois de son tableau.

Admirable.

Il se leva et observa le corps. Défiguré. Strié de mille fissures dans lesquelles le sang avait cessé pour un temps de jaillir. Il avait bien fait son boulot. Il n'arrivait presque pas à y croire. Alors il la prit en photo. Sous les flashs qui fusaient, elle mit dix minutes pour mourir.

1

Jamie continua d'avancer à l'intérieur du solide complexe en béton de la prison du Texas. Elle n'était pas à l'aise devant les regards curieux des matons. Naturellement, elle était déjà venue ici. Mais c'était la première fois qu'elle avait été autorisée à rencontrer un tueur en dehors des heures de visite. Être la nièce du gouverneur du Texas lui avait naturellement facilité la tâche. À trente ans, elle s'était mis un point d'honneur à retrouver l'emplacement du corps de sa mère, exécutée par un tueur en série treize ans auparavant. Seule la tête avait été retrouvée. Exposée était le mot juste. Sur un pilier à l'entrée d'un restaurant qu'elle avait apprécié de son vivant. Durant ces dix années, elle avait interrogé tous ceux qui s'étaient fait arrêter entre temps. De tous ces monstres sanguinaires, elle n'avait rien pu savoir. Devenir *profiler* avait été pour elle la solution idéale. Elle ne pouvait concevoir de laisser ces bêtes sauvages assoiffées de sang découper d'autres cadavres sans jamais pouvoir les retrouver. Il lui fallait découvrir les restes de la dépouille de sa mère et les enterrer dignement. Lorsque Jermey Tark avait été arrêté, elle crut qu'il pouvait être l'homme en question. Son mode opératoire avait été le même que pour le crime atroce de sa mère. Sa signature aussi : les têtes étaient toujours exposées sur des piliers à des endroits stratégiques. Malheureusement, elle se trouvait en Afrique du Sud pour donner son avis sur un autre tueur en série. Elle ne s'était plus tenue informée des nouvelles tandis qu'elle traversait durant deux mois l'Afrique profonde pour y traquer le criminel. Ce fut une fois ce dernier arrêté qu'elle avait repris le vol pour le Texas. Une fois descendue de l'avion, elle avait appris l'arrestation de Tark. Avec toutes les similitudes. Et ce soir, après maintes supplications auprès de son oncle pour qu'il lui accorde une faveur exceptionnelle, celle de rencontrer le tueur *de nuit,* elle se tenait devant le poste de contrôle, attendant que l'agent du FBI qu'elle ne connaissait pas encore, un certain Kev Carst, arrive. Dans la minute si c'était possible. Il ne fallait pas se mettre à dos le responsable du Département qui avançait droit vers elle en souriant d'un air de grande fatigue.

— Madame Cartwight, c'est un plaisir de vous revoir.

Il lui serra la main tandis qu'elle répondait à son sourire avec un air beaucoup plus détendu.

— J'espère que cela ne vous a pas occasionné trop de problèmes de me recevoir, colonel Bearst, lui lança t-elle avec une politesse presque glaciale. En tous les cas je vous remercie.

Le colonel hocha la tête puis lui répondit qu'il ne pouvait en être autrement. Ce satané criminel ne vivait que la nuit. Il passait toutes ses journées à dormir.

— Un véritable spécimen, continua t-il gentiment. Je comprends tout à fait qu'il est important pour vous de l'étudier lorsqu'il présente de bonnes dispositions. Durant les heures d'ouverture, vous n'auriez rien pu tirer de lui.

Elle le remercia de nouveau.

— Nous y allons? Nous allons devoir passer devant le contrôle de sécurité. Euh...

Gêné, il se reprit bien vite en bombant le torse. Il ne savait pas pourquoi il se sentait intimidé devant la présence de la jeune femme. Le fait qu'elle soit la nièce du gouverneur n'était pas vraiment en cause. Il y avait dans son regard une telle froideur et dans son air une raideur si imposante, qu'elle avait le don de le faire bafouiller. C'était peut être son métier qui voulait cela. Passer son temps à découvrir la vie des serials killers pour essayer de les connaître, les comprendre et ainsi pouvoir mieux appréhender les prochaines arrestations avait du lui gâter le cœur. Le sentant un peu sur ses gardes, elle essaya un air plus doux pour lui demander ce qu'il y avait.

— Et bien... euh... vous comprenez que le contrôle est obligatoire même si vous êtes déjà...

— Je comprends très bien, le coupa t-elle toujours aussi froidement même si elle s'en voulut d'adopter un tel comportement.

Savoir qu'elle allait peut être enfin connaître la vérité sur la mort de sa mère la rendait nerveuse. Et elle préférait ne rien laisser paraître de sa nervosité. Ni devant le colonel ni devant personne. Et encore moi devant Tark. Ils traversèrent en silence l'immense ensemble de bâtiments cernés de toutes parts de plusieurs rangées de barbelés. Elle leva rapidement un œil sur les miradors aux extrémités. Elle ne pouvait s'empêcher de penser aux innombrables paires d'yeux qui devaient les fixer. Elle lança un soupir discret. Déjà, à l'entrée du parking, sa voiture avait été fouillée. De fond en comble. Même sa boîte à gants avait été vidée. Sans parler de son coffre qu'elle avait pris soin de vider entièrement avant de se rendre à la prison. Une fois arrivés à l'entrée du bâtiment, le colonel lui fit un petit sourire. Elle le lui rendit sans hésiter.

— Bonjour madame Cartwright, lui lança un immense gardien noir tout en muscle.

— Bonjour Bob, lui répondit-elle aimablement.

— Cela fait une éternité dites moi ! Mais vous n'avez pas changé. Toujours aussi belle !

Elle lui sourit plus largement en lui demandant des nouvelles de sa famille. Le fils du gardien, âgé de vingt deux ans, avait failli quelques années plus tôt se lancer dans le trafic de drogues, aidé en cela par ses mauvaises fréquentations du lycée. Jamie avait joué un rôle non négligeable dans la réinsertion de l'adolescent. Bob lui en était toujours reconnaissant.

— Mon fils vient de finir sa deuxième année de droit, répondit-il fièrement. Il sera avocat dans quelques années s'il continue à bien se tenir.

— Je suis sûre que tout se passera bien pour lui. Il est intelligent. Car il a compris où se trouvait sa place.

Toujours en discutant, Jamie savait ce que l'on attendait d'elle durant ce second contrôle. Elle vida donc ses poches en dévoilant un billet de vingt dollars. Bob hocha la tête. Elle se dirigea ensuite vers le distributeur pour se procurer de la monnaie en pièces de un dollar et de vingt cinq cents. C'était tout ce qui lui était autorisé d'emporter avec elle. Pas de stylo, pas de papier. Juste cette menue monnaie pour pouvoir offrir un en-cas au tueur en série qu'elle n'allait pas tarder à rencontrer. Les distributeurs de boissons et de friandises étaient nombreux dans le parloir. Elle ôta ses chaussures et lui montra le dessus de son pantalon. Elle n'avait pas mis de ceinture. Elle passa dans le détecteur après avoir subi une palpation du corps en règle. D'habitude elle n'aimait pas ça. Mais Bob connaissait son métier. Et le fait de continuer à discuter en plaisantant sur le temps qu'il faisait et sur celui qui n'allait pas tarder à faire, lui permit de rester stoïque durant une minute entière. Bob lui prit son passeport et lui donna en échange son badge visiteur. Elle attendit patiemment que la routine se fasse tandis qu'elle pensait à l'agent du FBI qui ne s'était toujours pas présenté. Elle n'avait pas encore fait sa connaissance. Mais le fait qu'il soit en retard lors de leur première entrevue ne jouait pas en sa faveur. Elle espérait cependant qu'il allait bien suivre ses directives. Car pour pénétrer dans l'antre aux lions, il ne fallait pas seulement montrer patte blanche mais il fallait également suivre respectueusement les consignes : pas de cellulaire, pas de sac, pas de vêtements transparents, pas de bras dénudés. Même au mois de novembre, la température avait été de vingt cinq degrés dans la journée. La fraîcheur de la nuit allait peut être donner envie à l'agent du FBI de porter des manches longues. Elle espérait aussi qu'il avait pris soin de sa dernière remarque : pas de vêtements blancs. Car cette couleur était réservée aux prisonniers. Une fois les contrôles terminés, elle suivit le responsable dans la prison protégée de deux hauts rangs de fils barbelés qui abritait le couloir de la mort. Ils arrivèrent devant le sas d'entrée et passèrent plusieurs lourdes portes blindées. Le bruit des grilles qui se refermaient derrière elle ne la fit pas sursauter. Elle avait eu tout le temps de s'y habituer. La traversée de la cour extérieure était le plus troublant pour ses nerfs. On y voyait des bâtiments lugubres avec les petites fenêtres des cellules : moins de huit centimètres de hauteur et environ quatre vingt dix centimètres de large. Elle ne devait pas songer à d'autres paires d'yeux qui devaient les guetter aussi durant leur traversée. Elle regarda sa montre : 22h12. C'est à cet instant qu'ils pénétrèrent finalement dans le bâtiment des visiteurs. Un second gardien qu'elle ne connaissait pas lui réclama alors le papier officiel autorisant la visite. Le colonel le lui présenta. La petite promenade continua car ils devaient maintenant entrer dans le second sas et suivre un long couloir tandis que les portes se refermaient derrière elle et que d'autres s'ouvraient devant. Un troisième gardien apparut dans son champ de vision. Pour la dernière fois, elle remit son papier de visite. Finalement, ils pénétrèrent dans le parloir vide qui s'alluma instantanément. Une lumière blafarde l'agressa car elle ferma à demi les yeux. Comme si de rien n'était, elle alla s'asseoir devant le premier parloir et croisa les jambes. Le responsable du département la quitta un moment pour aller accueillir l'agent du FBI qui venait d'arriver, lui dit-il en éteignant son biper. Jamie hocha la tête et se retrouva seule dans la pièce bien trop éclairée. Elle se souvint de toutes ses dernières visites durant les heures d'ouverture. Le chuchotement insistant des personnes qui se tenaient dans les boxes, discutant avec les condamnés. Isolés dans leur cellule vingt trois heures sur vingt quatre avec une meurtrière minuscule pour seule ouverture, certains détenus étaient devenus fous. Mais ils n'avaient que ce qu'ils méritaient, pensa t-elle sans aucune empathie. Car ces meurtriers n'en avaient eu aucune pour leurs victimes. Au bout de dix minutes interminables, elle vit arriver le colonel suivi d'un homme d'une trentaine d'année, portant costard cravate. Ses cheveux étaient lissés en arrière comme dans les années trente où le gel faisait encore fureur. Il avait un type latino, était grand et mince et ses yeux noirs se posèrent, admiratifs, devant la silhouette de la jeune femme, sa longue chevelure blonde et bouclée et son regard bleu ciel. Elle hocha la tête en guise de bonjour et resta assise. Le colonel s'esquiva tandis que le nouveau venu se jeta littéralement sur le siège à côté d'elle.

— Il fait une chaleur étouffante. J'ai eu l'impression de pénétrer petit à petit dans les entrailles de la terre avant d'arriver jusqu'ici. Puis, j'ai vu apparaître un ange alors je me suis dit que je m'étais trompé d'endroit.

Il lui souriait, mettant dans son air une telle évidente envie de lui faire du charme qu'elle le prit immédiatement en grippe. Non seulement il arrivait en retard, sans s'excuser le moins du monde, mais en plus il prenait son air conquérant d'un homme sûr de lui et prêt à séduire. Il ne fallait pas lui faire prendre de mauvaises habitudes. Autant le remettre à sa place de suite. Elle prit donc son air le plus sévère et son ton le plus acide pour lui rétorquer droit dans les yeux :

— J'ai travaillé pendant quatre ans avec votre prédécesseur qui vient de partir à la retraite. Je regrette d'autant plus son absence qu'on vient de me déléguer, pour le remplacer, un homme tel que vous. Présentez vous, excusez vous pour votre retard et cessez d'arborer un visage d'un adolescent content de se retrouver à sa première boum. Si vous n'êtes pas un minimum professionnel avec moi, je vous conseille vivement de repartir d'où vous venez.

L'agent leva les yeux au ciel puis lui répondit sur un ton dans lequel la politesse gelée allait égaler les propos acides de la jeune femme :

— Bonjour madame Cartwight. Je m'appelle Kev Carst. Je suis agent du FBI depuis plus de dix ans. Je viens de passer de grade après l'arrestation du Satan de Notre Dame comme les journalistes l'ont surnommé et comme il se surnomme lui même maintenant, le tueur en série qui achevait ses victimes à coups de lames. Je viens d'avoir trente trois ans et de ce fait mes années collège sont loin derrière moi. Si je suis arrivé en retard c'est que ma voiture de fonction a rendu l'âme aux abords de la ville. J'ai du prendre un taxi. Je suis désolé de ce retard et désolé encore plus que vous n'ayez aucun humour.

Jamie tiqua sur sa dernière remarque et elle répliqua vivement:

— Nous ne sommes pas là pour nous amuser. Vous devez d'autant plus le savoir que vous connaissez le but de notre mission.

— J'ai faim.

Sur ce, il se leva et alla se prendre un muffin dans le distributeur. Il lui demanda sur un ton neutre si elle voulait manger un petit quelque chose. Elle lui répondit non merci assez sèchement. Puis, il retourna s'asseoir à ses côtés. Jamie l'entendit mastiquer tandis qu'ils attendaient toujours la venue du criminel. Au bout de deux minutes de silence, il lui demanda:

— Il va parler ?

— Il va jouer. Il va prendre beaucoup de plaisir à nous raconter en détail les crimes dont il est responsable. Il n'a aucune visite. Alors, cela va le distraire.

Il hocha la tête et finit son muffin.

Derrière l'épaisse paroi vitrée du parloir, la porte émit un fort grincement quand elle s'ouvrit. La maton poussa le prisonnier devant lui puis verrouilla la porte. Il lui enleva ensuite les menottes qu'il portait dans le dos. Jermey Tark, le criminel notoire accusé de vingt cinq crimes odieux depuis ses quinze années de pratique se tenait debout, le regard fixé sur Jamie qui ne baissa pas les yeux. Pourtant son regard était perçant, comme celui de bon nombre de psychopathes. Un regard fixe qui mettait mal à l'aise. Il était grand et bien bâti. Un visage assez séduisant si on faisait abstraction de son regard impitoyable. Il était vêtu de la combinaison blanche marquée DR en noir sur son pantalon blanc. DR pour Death Row. Le couloir de la mort. Les yeux toujours maintenus sur Jamie, il s'assit, attrapa un antique combiné noir et lui lança d'une voix forte et grave :

— Bonjour madame.

Il ignora totalement Kev. Jamie lui souhaita le bonjour puis, en se tournant vers l'agent fédéral elle annonça :

— Et voici l'agent fédéral Kev Carst.

Tark ne quittait toujours pas des yeux Jamie. Il lui fit un sourire plus large en montrant ses dents très blanches comme s'il était sur le point de mordre quelque chose. Ou quelqu'un. Et répéta :

— Bonjour *madame*.

Il ne fallait surtout pas le brusquer. Il aurait été dommage de se mettre à dos le seul lien qui l'unissait encore à sa mère décédée. C'est pourquoi elle enchaîna assez vite :

— Vous connaissez la raison de ma venue. Vous m'y avez même autorisée et je vous en remercie. Le livre que je vais écrire va présenter les plus célèbres criminels de ces vingt dernières années. Et... vous êtes l'un d'entre eux.

Tark lui lança un autre sourire. Très sûr de lui, il hocha la tête de satisfaction. Elle reprit :

— Bon nombre de criminels m'ont menti. Ils se sont fait passer pour ceux qu'ils n'étaient pas, ont inventé des crimes qu'ils n'avaient certainement pas commis dans le seul but de me faire croire qu'ils étaient les plus vicieux. Cela dit, je les ai envoyés paître. Je ne tiens pas à me ridiculiser en écrivant des histoires à dormir debout qui n'intéresseront personne. Et je ne tiens pas non plus à me discréditer auprès de mes patrons parce que j'aurais été trop naïve et trop complaisante. Vous comprenez ?

Il hocha de nouveau la tête, le sourire toujours au bord des lèvres et le regard toujours figé sur elle.

— Je connais votre parcours. Si jamais vous me mentez, nous arrêterons et j'irai interviewer quelqu'un d'autre. J'espère que nous nous comprenons parfaitement.

Tark avança brutalement son torse sur le devant de la paroi et répondit très calmement mais d'une voix toujours aussi forte :

— Je sais qui vous êtes. Et je sais qui je suis. Posez-moi vos questions. Mais je tiens à vous prévenir de suite : je veux être le sujet central de votre livre. Les gens ont besoin de connaître mon parcours et ce qui m'a amené à la vérité.

— Je ne peux pas vous promettre le devant de la scène. D'autres aussi ont eu un parcours égal aux vôtres.

— Cela m'étonnerait, ricana t-il brusquement. Combien peuvent se vanter d'avoir laissé pourrir plus de cinquante personnes ?

— Cinquante dites-vous ? Cela ne me semble pas correspondre avec vos activités. Il y en a en tout vingt cinq d'après les rapports.

De sa paume gauche, il tapa sur la petite table et reprit :

— Cinquante trois pour être précis. Je ne suis pas responsable du fait que les flics sont des incapables. Ils n'en ont trouvé *que* vingt cinq.

— Vous comprenez alors qu'il me faudrait les noms et les lieux où les corps se trouvent. Mais nous avons le temps pour cela. Commençons donc par le début.

— Comment tout cela a commencé vous voulez dire ?

Jamie hocha la tête et reposa son dos sur le dossier. Kev à ses côtés se tenait tranquille et ne disait rien. Mais il n'en pensait pas moins. Il trouvait la façon de parler de la jeune femme beaucoup trop polie et gentille. Avec lui, elle s'était montrée antipathique et avec ce tueur en série notoire, elle jouait la carte de la sympathie. Il pensa qu'elle devait avoir un grain. Il la regarda poser ses questions. De temps en temps il jetait un œil sur Tark. Bon sang, il avait envie de lui faire rentrer son sourire entre les dents.

— Le premier souvenir que je garde est une gifle carabinée que ma mère m'avait mise pour je ne sais plus trop quelle bêtise. Il faut dire qu'elle ne m'a jamais voulu. Elle m'a souvent reproché le fait que mon père l'avait engrossée par la force. Un petit violeur à la petite semaine. Vraiment aucune consistance. Maintenant, quand j'y repense, je me dis qu'elle aurait pu mettre un terme à sa grossesse, mais non, elle m'a laissé grandir en elle et n'a eu de cesse durant toute mon enfance de me le reprocher. Je pleurais souvent. Ça l'énervait. Et elle me frappait. Et moi je pleurais de nouveau. Le cercle infernal quoi. Vous avez des enfants, madame ?

Jamie secoua la tête en pure dénégation. Il n'avait pas besoin de connaître sa vie. Elle ne voulait pas que ce monstre connaisse l'existence de son fils de trois ans qui attendait chez son grand-père son retour. Imaginer que l'existence de son enfant intègre le cerveau malade d'un tel individu lui déplaisait.

— Elle me laissait totalement libre de mes mouvements. Je veux dire qu'elle ne s'occupait pas de moi. Si j'avais faim je devais me débrouiller. Si j'étais sale je devais me laver. Elle n'en avait vraiment rien à foutre de moi. Souvent elle me disait que si je n'étais pas sage, elle me vendrait à des ours.

Il se mit à rire.

— On est vraiment idiot quand on est gosse. Comment aurait-elle pu faire ça ? Quoiqu'il en soit, elle me gardait avec elle... et je vois que vous vous demandez pourquoi. Elle aurait pu m'abandonner. Mais cela aurait été trop dommage. Elle préférait me louer.

— Comment cela ?

— Elle avait besoin d'argent pour ses clopes et son alcool de merde. Je n'ai jamais fumé ni bu de ma vie. Mon corps est sain, je vous l'assure.

— Que voulez vous dire par «elle vous louait»?

— Quelques heures par jour avec des types qui avaient de gros appétits sexuels et qui ne pouvaient les assouvir qu'avec des gamins. Je ne leur en veux pas du reste. Enfin, je ne leur en veux plus maintenant. Je sais à quel point l'appétit sexuel fait partie de la vie d'un homme. Moi même j'en ai ressenti. Et votre sous fifre doit aussi en ressentir. À la façon dont il vous regarde, je parie qu'il a envie de vous baiser.

Jamie sentit que Kev allait intervenir. C'est pourquoi elle lui fit discrètement du pied pour qu'il reste calme. Tark poursuivait :

— J'étais impuissant. Trop petit, trop fragile. J'ai subi des tortures mentales et physiques dont la moitié m'ont échappé. Les souvenirs peuvent faire trop mal. Oublier est parfois une bonne chose. Cela a duré ainsi jusqu'à mes huit ans. Livré à moi même, j'avais cambriolé une maison. Je voulais juste manger. Je me souviens qu'en ouvrant le four, j'ai eu la plus belle surprise de ma vie : un poulet rôti. Je l'ai gobé en un rien de temps. C'était délicieux.

Il ferma les yeux à ce souvenir.

— Mais j'ai été arrêté pour cambriolage. On m'a mis en maison de redressement. Et vous voulez que je vous dise ? C'est là que *tout a commencé*. Les gens me prennent pour un fou ou un malade. Mais c'est la société qui l'est. Mettre un gosse au milieu de la pourriture, c'est le pourrir définitivement. J'y suis entré à huit ans, pour six mois. J'en suis ressorti après avoir été brutalisé quotidiennement. J'y ai appris toutes les perversions sexuelles qui habitent le cœur des hommes. Finalement, ce que me faisaient subir les types de ma mère c'était de la rigolade à côté. Bref, je suis rentré à la maison. Tout décomposé. Je me souviens avoir eu envie de mourir. Les sévices ont repris. Chaque jour un nouveau type pour moi. Vous ne vous rendez pas compte du nombre incroyable de pédophiles rien que dans mon Etat. Je crois qu'ils sont tous passés chez moi. Et puis, une semaine après, une assistante sociale est venue chez nous. Avec d'autres agents de l'assistance publique. Ils devaient suivre mon évolution. Et c'est là que j'ai eu ma dernière illumination: avec quel talent ma mère les a embobinés ! Elle les a manipulés avec une telle adresse. Et qu'elle m'aimait, et qu'elle ferait tout pour me remettre dans le droit chemin. Ouais, le soir même un rendez vous était prévu avec un autre type qui a failli me tuer tant sa bite était grosse. Enfin bref, j'ai compris alors que dans la vie il y avait deux catégories de gens: les faibles et les forts. Et je ne voulais plus être faible. Ma mère venait de me faire réaliser qu'il suffisait de dire ou faire les choses que les gens s'attendaient à ce que l'on dise ou fasse pour les manipuler. C'était extraordinaire. La révélation a fait de moi un autre petit garçon. Je crois que c'est ce jour là que je suis devenu un homme.

— Une question me turlupine tout de même, lança alors Kev d'un petit air tranquille.

Avec beaucoup d'efforts, Tark se tourna vers lui. Il le scruta intensément dans un silence pesant. Jamie allait intervenir quand Kev reprit :

— Pourquoi ne pas vous en être pris aux hommes? Ce sont eux qui vous ont fait subir les pires sévices. Alors pourquoi tuer des femmes?

Les trente secondes de silence qui suivirent firent craindre à Jamie que tout son plan était tombé à l'eau. Surtout quand Tark tapa du poing sur la table en se redressant brutalement. Da sa main gauche valide il tenait toujours son téléphone.

— Ferme ta grande gueule toi. C'est pas à toi que je cause !

— Ce cirque ne mènera à rien, dit-il en scrutant les yeux du criminel. Vous n'êtes qu'une merde qui va crever à petits feux dans une cellule moisie. Vous me faites juste vomir.

Jamie l'attrapa par le bras et l'entraîna vers les distributeurs de nourriture. Une fois hors de portée de voix de Tark elle lui parla de nouveau sèchement :

— Vous êtes débile ou quoi ? Laissez-le dire ce qu'il veut, bon sang, il est derrière une cage ! Ne nous le mettez pas à dos avec vos...

— Mais qu'est ce que vous en avez à foutre de ce qu'il peut raconter. Comment on peut écrire un bouquin sur ce tas de merde, voilà qui me dépasse.

— Nous sommes ici pour faire un boulot. Si vous n'êtes pas capable de rester à votre place, allez-vous-en.

— Et ma place quelle est-elle ? Vous écouter parler tous les deux et ne surtout rien dire.

— Exactement. En êtes-vous capable ?

— A quoi je sers ?

— Vous êtes le représentant de l'ordre à ses yeux. Votre présence est obligatoire pour un esprit aussi pervers. N'intervenez pas. Pouvez-vous maîtriser vos nerfs le temps de l'interview ?

Il la regarda dans les yeux et lui rétorqua avec un grand sourire :

— Oui *madame*.

Jamie attrapa la nourriture et la boisson qui tombaient du distributeur et les présenta à un gardien pour qu'il les remette à Tark. Celui-ci fut heureux de déguster enfin de la vraie nourriture, lui dit-il après avoir entamé la première bouchée. Il laissa passer quelques secondes, le temps de bien mâcher, puis lançant un autre sourire à Jamie il reprit le combiné et lui dit d'un air suave :

— Je viens d'être insulté. Gratuitement. Je vous rappelle que si j'ai accepté de vous parler c'était dans le but évident que vous m'écoutiez. Au lieu de cela, votre ami m'interrompt avec une telle vulgarité ! Je crains qu'après ce comportement, notre discussion se termine. A moins de recevoir des excuses, je ne dirai plus rien.

Kev serra les dents. Il prit quelques instants pour réfléchir à la situation. Déjà le regard mauvais que lui lançait Jamie lui faisait comprendre qu'il avait tout intérêt à abdiquer. Ce fut sur un ton mielleux qu'il répondit:

— Je m'étonne que vous preniez ombrage du moindre mot que je pourrais sortir de ma vilaine bouche, criminel Tark. Après tout qui suis-je ? Un flic. S'il y a quelqu'un d'important ici, c'est vous. On n'écrira jamais de livre sur ma vie, alors...!

Tark hocha la tête comme si cette assertion le comblait. Il bomba le torse et reprit son discours. Il tourna légèrement ses épaules pour faire face à Jamie, laissant entendre à Kev que sa présence n'était vraiment pas indispensable et qu'il l'avait déjà oublié.

— La vie est cruelle. Elle ne laisse pas la place aux faibles. La véritable jungle, c'est l'homme qui l'a créée. Pour survivre il faut être le plus fort. Moi j'y suis arrivé. Mais qu'en est-il de tous ces enfants qui devront se battre quotidiennement contre la folie des hommes ? J'ai réfléchi à ce problème car il fallait trouver une solution. Et lorsqu'elle est apparue à moi, elle était si évidente que je me demande encore pourquoi je n'y ai pas pensé plus tôt.

Il aspira une gorgée de Soda.

— Il fallait venir en aide à la race humaine, il fallait éteindre le mal à la racine. Le seul moyen était d'empêcher une femme de mettre un enfant au monde.

Il reposa son dos sur le siège en croisant les bras derrière sa tête pour lancer nonchalamment :

— J'ai donc décidé de détruire la vie de celles qui en portaient. Toutes les femmes que j'ai fait disparaître étaient enceintes.

Jamie retint sa respiration. Etait-il possible que sa mère...? Mais déjà il poursuivait:

— J'ai empêché à ses futurs enfants de vivre une vie de souffrance. Grâce à moi, ils l'ont échappé belle. Franchement, madame, êtes vous heureuse de vivre ? Si vous n'aviez pas été là, ça aurait changé quoi ?

— Je comprends, répondit-elle tranquillement alors qu'elle sentit Kev faire un mouvement d'impatience en déplaçant ses jambes. Alors cinquante avez vous dit.

— Cinquante trois. Il y a eu Sheila Gaingborb. Elle fut ma première tentative mais l'essai ne m'a pas convaincu. Elle n'a pas compris que je sauvais son enfant à naître et elle n'a pas cessé de prier Dieu pendant que je lui faisais son affaire. C'était lassant et j'ai du abréger. Cela ne m'a pas satisfait. J'avoue que ce fut mon premier ratage mais que voulez-vous ? Il n'y a que la pratique qui nous rende vraiment meilleur.

— Vous connaissez le nom de toutes vos victimes?

— Je connais le nom de toutes les *créatures* que j'ai tuées. Le jour du Jugement Dernier, elles m'attendront et me remercieront pour mes actes.

— Pourquoi les avoir fait souffrir ? Vous auriez pu vous contenter de les tuer rapidement ?

— Ah oui mais, on ne devient pas un justicier sans recevoir en retour une quelconque gratification. Je devais les entendre hurler. C'était ainsi que le mal sortait d'elle. En quelque sorte, je les ai exorcisées.

— J'ai la liste des vingt cinq victimes dont les corps ont été retrouvés. Dites moi donc les noms des vingt huit autres.

Tark, sans se faire prier et comme s'il récitait une poésie commença à donner les noms. Il avait les yeux fermés et à chaque fois qu'il nommait une femme, il revivait la scène car il commentait à chaque fois. «Celle ci ce fut facile, celle là m'a donné du fil à retordre alors je l'ai massacrée...». Jamie l'écouta énumérer les disparues lorsque soudain il nomma expressément sa propre mère.

— Patricia Delay. Oui, celle là c'est un excellent souvenir. Ce fut un véritable festin, un vrai délice.

Sans lui laisser voir son trouble, elle lui demanda innocemment où son corps était enterré car elle avait entendu Ted Brady, un autre tueur en série, se vanter de l'avoir tuée.

— C'est faux, se mit-il à crier. Ce crime est à moi ! Je l'ai décapitée dans ce fichu restaurant dans lequel elle allait manger toutes les semaines et j'ai laissé sa tête, bien en évidence, devant l'entrée. Il fallait bien que je fasse cela pour elle. Elle m'a donné tant de plaisir. Elle aimait vraiment beaucoup ce restaurant. Une partie d'elle est donc restée là bas. Je sais me montrer compatissant, parfois.

— Et qu'avez vous fait du reste du corps ?

Sans prendre la peine de la réflexion il lui lança qu'il se trouvait à trente kilomètres de là, sous les ruines d'une vieille grange abandonnée. Sa mémoire était étonnante. Il était troublant de constater que ce criminel possédait un quotient intellectuel très élevé et que sa mémoire était prodigieuse. Qu'aurait-il pu devenir dans la vie s'il n'avait pas vécu autant de sévices ?

Au même moment, le colonel pénétra dans le parloir et avec beaucoup de politesse leur annonça que la visite était terminée. Il ne pouvait les laisser plus longtemps. Tark devait rejoindre sa cellule. Jamie hocha la tête. Kev se leva précipitamment. Il avait une envie folle de s'allumer une cigarette et de laisser s'échapper toute sa hargne. Alors que le maton s'approchait de Tark pour le menotter, ce dernier fit volte face et écrasa son visage menaçant sur la vitre tout en lançant à une Jamie terrifiée par la soudaineté du geste et par la voix caverneuse qui sortait maintenant de la gorge du tueur :

— Tu as les mêmes yeux qu'*elle*! Ce même bleu ciel ! Je vais te dire ce qu'il s'est passé. Elle m'a supplié de la laisser en vie, la garce ! Elle m'a même dit qu'elle se laisserait violer sans opposer la moindre résistance et en échange je lui laissais la vie sauve car elle devait rentrer pour élever *sa fille* ! Ses yeux se sont embués de larmes quand j'ai commencé à la frapper. Elle avait déjà un enfant et voulait en mettre un deuxième en route? Mais elle était folle ou quoi? Combien d'êtres encore allait-elle faire souffrir ? Je lui ai taillardé les veines et je l'ai regardée mourir ! Elle aussi je l'ai massacrée. Mais j'ai pris tout mon temps. Elle a mis plus d'une heure à suffoquer et à crier grâce. Elle a même appelé au secours! Elle a été pitoyable dans sa volonté de rester en vie. Mais elle a été ma plus belle œuvre. Celle qui a souffert le plus longtemps !

D'un bond, Jamie s'élança dans le couloir. Cela faisait trop longtemps qu'elle retenait ses larmes. Ce fut à ce moment qu'elles décidèrent de couler.

2

Kev l'avait suivie un peu nonchalamment. Le trajet de retour lui prit cinq minutes, le temps nécessaire pour Jamie de téléphoner à son oncle. Dès qu'il l'eut rejoint à l'extérieur de la prison devant la voiture, Jamie était pendue à son téléphone portable. Il eut juste le temps de l'entendre répondre à son interlocuteur :
— Merci, je pense que la localisation est correcte. Rappelle-moi quand tu auras du nouveau.
Elle raccrocha puis se retourna vers Kev. Il fut surpris de lui trouver le regard toujours aussi froid. Une certaine sensibilité l'avait assaillie juste avant qu'elle ne s'échappe du parloir. Il avait même cru qu'elle était en train de pleurer. A l'évidence, elle avait repris tous ses esprits. Cette femme était vraiment une énigme pour lui. Elle hocha la tête en guise d'au revoir. Tandis qu'elle s'apprêtait à ouvrir la portière, Kev lui lança :
— Vous savez que je n'ai plus de voiture. Je pourrais appeler un taxi mais je me suis dit que peut-être vous pourriez avoir l'obligeance de me déposer aux abords de la ville.
Le regard qu'elle lui lança était dénué de la moindre sympathie. Et pourtant, Kev se sentit transporté par la pureté de ses yeux. Ce bleu ciel translucide lui fit beaucoup d'effet. Cela dit, il baissa les yeux et se reprocha immédiatement la sensation qui était venue l'assaillir alors que la circonstance ne prêtait guère à un jeu de séduction, comme elle même l'avait dit tantôt. Lorsqu'il croisa de nouveau son regard, trois secondes après, elle n'avait toujours pas ouvert la bouche. La proposition ne semblait pas lui convenir. Alors, avec un petit geste de la main, il lui fit comprendre que cela n'était rien et il attrapa son téléphone. Mais avant même d'avoir terminé de composer le numéro, elle l'entendit répondre d'une voix lasse :
— Montez.

Il monta donc en silence. Elle démarra sans un mot. Kev lança un petit soupir discret et se mit à observer la route. Durant quelques minutes, ils roulèrent ainsi, chacun figé dans un calme apparent. Puis Kev n'y tenant plus décida d'alimenter un peu ce qui pourrait devenir une conversation si elle avait seulement envie d'y participer.

— La mission a donc réussi, si j'ai bien compris.

— Il n'y a pas à dire, répondit-elle d'un ton narquois, les tests pour rentrer au FBI sont épatants. Vous devez avoir eu des notes satisfaisantes, concernant notamment votre degré de perspicacité.

Il se tourna alors presque violemment sur la gauche, enrayé tout de même par la ceinture de sécurité qui l'obligeait à ne pas sauter sur elle.

— Je ne comprends pas votre attitude envers moi, lui répondit-il aussi sèchement qu'elle avait l'habitude de pratiquer elle-même. Je vous signale que je suis venu pour vous rendre service même si franchement je me demande à quoi j'ai bien pu servir. Mais bon... vous avez eu votre interview, vous allez écrire un roman qui dépeindra l'enfance misérable de cet ignoble crétin, vous allez vous faire un max de pognons sur le dos de toutes ces victimes.

Il braqua de nouveau ses yeux sur la route et poursuivit plus lentement :

— Dont l'une a été votre mère.

Kev fit un bond en avant lorsqu'elle freina brutalement. Heureusement que la ceinture de sécurité était mise. Sinon, il était sûr qu'il aurait traversé le pare-brise devant la violence du choc.

— Mais vous n'êtes donc au courant de rien?

— A votre avis ? lui répondit-il en défaisant sa ceinture.

Il ouvrit la portière et se mit à arpenter la borne de sécurité de la route en espérant arriver à destination sans être heurté par un camion qui ne l'aurait pas vu marcher dans la nuit noire. Jamie, les mains crispées derrière le volant, le regardait s'éloigner sans réagir. Puis, en soufflant, elle remit le contact, fit quelques mètres et s'arrêta à hauteur de Kev. Elle lui lança au travers de la vitre ouverte qu'il devait arrêter de faire l'imbécile et que s'il ne voulait pas finir ses jours écrasé par une voiture, il ferait mieux de remonter tout de suite. Pour toute réponse, Kev attrapa son téléphone portable. Tout en le maintenant de sa main droite, il positionna son autre main sur la portière et mitraillant de ses yeux noirs les yeux bleus qui le fixaient lui répondit :

— Je ne vous ai absolument rien fait. A part vous rendre service en venant jusqu'ici, service dont je ne reconnais même pas la valeur moi même car je n'ai servi à rien. Mais je suis tout de même venu. Et vous, pour tout remerciement, vous me jetez votre haine en pleine figure. Hé, je suis du même côté que vous! Allô ?

Il lui tourna alors le dos et elle l'entendit demander un taxi. Elle klaxonna. Kev lui fit signe de se taire pendant qu'il était en communication. Elle klaxonna encore.

— Attendez une seconde, dit Kev à la secrétaire à l'autre bout du fil.

Puis il se pencha de nouveau vers la fenêtre et lança à Jamie un *Quoi? Qu'est ce que vous voulez ?* d'une manière assez agressive.

— Je m'excuse. J'étais déjà énervée avant que vous n'arriviez. Cela fait treize ans que je suis énervée. Montez, je vous ramène.

Kev souffla, ravi cependant d'avoir entendu des excuses, même rapides, même pas suffisamment sincères mais des excuses tout de même. Il raccrocha et lentement entreprit de remonter dans la voiture. Il prit son temps pour bien attacher sa ceinture de sécurité. Mais quand elle démarra, elle n'était pas encore mise. Le silence reprit sa place entre eux jusqu'au moment où Kev, ne supportant plus de se sentir comme s'il était à une veillée funèbre décida de détendre un peu l'atmosphère.

— C'est un véritable psychopathe. Le manque de remords est évident. On ne peut rien pour lui.

Il se reprocha vivement de ne pas avoir trouvé autre chose de plus sympathique à dire. Il fut encore plus étonné par sa réaction, tout à fait tranquille, quand elle lui répondit:

— Les psychopathes ne sont pas tous violents.

— Au premier abord, il semble tout à fait normal. Il discute tranquillement.

— C'est une façade évidemment. Il ne veut pas dévoiler son esprit torturé alors il fait semblant d'être normal. Il a passé de longues années à épier les faits et gestes des autres pour pouvoir mieux adopter le même comportement. C'est juste un bon acteur.

— Il s'est engagé dans l'armée. Pour tuer plus facilement?

— L'autorité est primordiale. Il a une véritable fascination pour le commandement.

— Vous l'avez laissé mener la danse.

— C'est un pervers narcissique. Il aime être en position de force. Il aime se sentir supérieur. Plus il rabaisse les gens, plus il se sent puissant. Il fallait lui laisser croire que l'on était complètement à sa merci. Sinon, il n'aurait jamais parlé.

— Je peux fumer ?

Kev avait déjà sorti sa cigarette et la secouait devant lui en attendant sa réponse. Ce fut d'une voix redevenue sèche qu'elle lui répondit non. Il la remit tranquillement à sa place et sortit un chewing-gum qu'il se mit à mastiquer bruyamment. Il ne savait pas vraiment pourquoi il prenait, à cet instant, un malin plaisir à l'énerver.

— Tous ses vices l'ont détraqué, poursuivit-elle en doublant un automobiliste seul rescapé de la sortie nocturne.

Le réveil de la voiture indiquait 23 heures trente.

— Mais sans doute, reprit-elle après s'être rabattue sur la droite, comme il l'a laissé entendre d'ailleurs, sa seule chance de survie pour lui qui a voulu mourir étant enfant rappelez vous, était de se construire une autre personnalité plus forte en rejetant la faute sur les autres. Peu à peu, il a préféré voir les gens comme des objets inutiles qu'il pouvait écraser à volonté et jeter sans état d'âme. Il doit dominer. Et pour cela la seule solution était de détruire tous ceux qui risquaient de menacer la haute opinion qu'il a de lui même et la vision du monde qu'il a crée.

— Ouais mais bon... reprit Kev en mastiquant toujours aussi bruyamment, ça ne sert à rien de discuter avec un type pareil. On aura beau parler pendant des heures il n'y aura jamais chez lui une sensation de regrets ou de remords. D'accord, il a subi des sévices sexuels étant enfant.

— A de multiples reprises. Quotidiennement.

— Bon nombre d'enfants sont violés. Ils ne finissent pas tous en serial killer.

— Sa souffrance a été plus profonde. Son désespoir aussi. C'est un psychopathe. Il ne peut avoir aucun remords. Vous comprenez que c'est sa seule façon d'exister ?

— Non je ne comprends pas, répondit-il après avoir laissé éclater une bulle, il n'avait qu'à s'en prendre à sa mère et à tous ces types qui ont abusé de lui. Il n'a aucun état d'âme. Il est froid et calculateur. Que les autres souffrent par sa faute est cohérent pour lui. Va t-on l'excuser parce qu'il a souffert aussi ?

— Vous ai-je donné l'impression de l'excuser ? se révolta t-elle. J'essaie de comprendre. Sa vie n'a d'autre but que de haïr. A chaque fois qu'il bat une femme...

— Vous allez me sortir qu'il tue sa propre mère.

— En un sens oui. C'est vital pour lui de la voir souffrir, de l'humilier, tout comme sa mère l'a fait durant son enfance. Il ne ressent que de la haine et du mépris pour sa mère et il met toutes les femmes dans le même panier. Elles ne sont devenues à ses yeux que des objets de jeu et de plaisir. Il est malade.

Kev se redressa.

— Il connaît la loi et il est conscient de ce qu'il fait. A chaque fois qu'il commet un crime, il défie les autorités. Cela l'excite aussi. Il est responsable. Pénalement responsable. Alors, ne me dites pas qu'une thérapie pourrait le sauver.

Kev reposa ses épaules sur le dossier et tourna la tête sur la vitre ouverte. Il avait l'air perdu dans ses pensées, laissant ses yeux visionner le paysage qui défilait sur sa droite. Jamie se demanda pourquoi soudainement il s'était énervé.

— Il est responsable, je suis d'accord avec vous. Pour lui le problème c'est les autres. Aucune thérapie ne pourra réussir parce qu'il ne prendrait jamais le risque de se laisser piéger et de voir s'écrouler l'image de l'être brillant qu'il s'est toujours imaginé être.

— Il n'y a aucun recours possible. Il doit crever.

Jamie lui jeta rapidement un coup d'œil. Le visage de Kev était figé. Les muscles de sa mâchoire bougeaient rapidement. Détournant la tête pour se concentrer sur la route et les sourcils froncés, elle se demanda ce qui n'allait pas. Ce brusque changement d'humeur chez lui était incompréhensible. Elle prit un ton plus doux pour lui dire gentiment:

— Vous êtes pour la peine de mort.

Kev se retourna vers elle et maintenant son regard fixé sur son profil lui répondit :

— Je ne veux pas vous manquer de respect alors ne montez pas sur vos grands chevaux mais... bon sang! Il a assassiné votre mère !

— Naturellement que mon premier sentiment est de le voir mort. Mes émotions me disent de faire disparaître cet être ignoble de la surface de la Terre car il a ôté la vie de manière horrible pour des raisons sordides.

— Ce ne serait que justice, répondit Kev manifestement calmé par sa réponse. Mais au lieu de cela, on risque de le laisser en vie encore de longues années. Payons des impôts pour lui permettre de respirer alors que celles qu'il a tuées ne respirent plus. Il faut protéger la population de ces monstres et le seul moyen c'est de les supprimer. Ce n'est que de la légitime défense, à mon avis.

Il reprit un autre chewing-gum et se remit à le mastiquer.

— Du point de vue éthique on peut dire que le meurtrier est un produit de la société que nous avons créée et que celle ci est probablement aussi coupable que lui. Tuer l'assassin ne sert strictement à rien si on ne change pas radicalement les conditions d'apparition de la criminalité. Car la société continuera à en fabriquer d'autres. Il faut tuer le mal à sa racine et pas ses feuilles desséchées.

— Mais, s'exclama t-il en la regardant d'un air narquois, vous devenez poète. J'avoue que ce trait de votre personnalité m'avait totalement échappé jusque là. Vous voulez un chewing-gum?

Elle secoua la tête. Il reprit, toujours aussi taquin:

— Tuer quelqu'un qui tue. C'est la loi du Talion.

— Vous savez qui a dit cette phrase : *Que dit la Loi ? Tu ne tueras pas. Comment le dit-elle ? En tuant.*

— Ben, non je ne sais pas

— C'est Victor Hugo.

— Puisque notre discussion a pris une tournure amusante, peut être alors allez-vous aimer ma devinette. Qui a dit : *Œil pour œil est une loi qui finira par rendre le monde aveugle ?*

— Allez savoir !

— Gandhi ! répondit-il en souriant largement. On est à égalité. On joue encore ?

Jamie tourna la tête et fixa son regard. Devant le sourire large qu'il lui faisait elle partit d'un grand éclat de rire. Mais elle ne put s'empêcher de continuer :

— Cette loi fait de nous des meurtriers. Si nous sommes contre le meurtre nous devrions donc logiquement refuser de tuer un être humain.

— Mais il n'a rien d'humain !

— La vie est sacrée, nul ne peut y attenter même l'Etat. La violence par la violence n'a rien de bien logique.

— Mais un monstre comme lui ne comprendra jamais, ne voudra jamais comprendre qu'il a fait quelque chose de mal. Et il recommencera. On ne doit pas inverser les rôles et faire d'un tueur une victime en s'occupant de lui, en lui trouvant des excuses. Passé, éducation... La Bible dans le Lévitique dit ceci. Vous êtes prête à entendre quelque chose de grand ?

Elle hocha la tête en souriant à demi.

— *Si quelqu'un blesse une autre personne on le blessera de la même façon, fracture pour fracture, œil pour œil, dent pour dent, on lui rendra le mal qu'il a fait à l'autre. Si quelqu'un tue un animal il doit le remplacer. Si quelqu'un tue un être humain il faut le faire mourir.*

— Et le : «Tu ne tueras point !» ça ne vous dit rien ?

Le téléphone de Kev se mit à sonner.

— Oui, répondit-il, ici Carst.

Ce fut les seuls mots qu'il prononça durant une minute entière, tout imprégné par ce que lui disait son interlocuteur.

Finalement il répondit qu'il arrivait immédiatement. Puis, se tournant vers Jamie il reprit:

— Je viens d'avoir le commissaire Quins au téléphone. Un cadavre vient d'être découvert sur la place latérale de la grande avenue. Je dois y aller tout de suite. Pouvez-vous...?

Jamie hocha la tête et prit la direction demandée.

— Est ce que je peux vous demander une faveur ? lui demanda t-elle.

Kev hocha la tête sans la regarder. La vision de la route qui défilait sous ses yeux semblait seule l'intéresser.

— Puis-je vous accompagner sur les lieux ?

De nouveau il hocha la tête. Ce fut dans le plus parfait silence qu'ils arrivèrent dix minutes après.

3

Il faisait presque noir. Malgré la semi obscurité, Jamie aperçut cinq voitures de police garées devant la délimitation faite de bandes plastiques. Le commissaire Quins s'avança et vint saluer Kev. Ce dernier lui présenta Jamie. Quins fronça les sourcils mais ne posa aucune question. Kev ne devait pas se trouver là de toute façon. Le FBI n'était pas réclamé à chaque meurtre. Mais le commissaire et Kev étaient amis et ils s'aidaient mutuellement, souvent de façon officieuse, lors d'enquêtes sensibles. Et Quins avait senti que ce meurtre allait intéresser son ami. On présenta aux deux nouveaux venus des semelles en plastique qu'ils enfilèrent en silence. On leur apporta en même temps une combinaison. Ils ne devaient pas dénaturer le lieu du crime en le polluant de cheveux ou même de salive. La scène du crime devait rester neutre de tout corps étrangers. Ils franchirent ensuite la limite qui interdisait l'accès au public tant que les experts de la police criminelle le jugeraient nécessaire. Ils devaient avant tout terminer l'examen approfondi du lieu. Des techniciens prélevaient des échantillons dans la moiteur oppressante de la nuit. Jamie reconnut ce que l'un d'entre eux tenait : des tamponnoirs, pastilles d'aluminium recouverts d'un adhésif double face qui permettait de récupérer les particules. Tout d'abord, Jamie vit un homme avec un masque, une combinaison et des gants penché sur *quelque chose*. Le commissaire leur demanda de rester là où ils étaient puis s'en retourna vers le médecin légiste. Ce dernier tenait un appareil portable qui émettait des faisceaux lumineux. Jamie savait qu'il recherchait des empreintes digitales, du liquide séminal, des fibres, tout ce qui pourrait être nécessaire à la future enquête. Elle le vit bouger et remettre à un technicien à l'aide d'un scalpel un échantillon qu'il plaça dans un récipient hermétique. Le médecin légiste, toujours de dos, lança au commissaire:

— Nous avons une trace de chaussure.

Puis il se leva. Au même moment les lumières se rallumèrent. C'est alors que Jamie vit le corps. Une forme était étalée de manière indécente sur le sol. Comme une poupée désarticulée jetée à la va vite dans la première poubelle pour s'en débarrasser. La position n'avait rien de naturel. C'est pourquoi elle mit du temps à réaliser ce qu'elle voyait. Mais quand les projecteurs se rallumèrent, elle comprit que c'était un corps humain à moitié dénudé. Les souillures dues au sang séché s'étalaient de ses jambes à son cou. Le visage était tuméfié. Elle était menottée et attachée à un pilon. Ses jambes étaient attachées également au pare choc d'une voiture. Ses yeux étaient ouverts, tenus par des sortes de clous qui empêchaient le rabattement des paupières. Sur son ventre déchiqueté le nombre 1 en forme de bougie d'anniversaire était planté. L'odeur l'assaillit instantanément. L'odeur de la mort, de la pourriture que cette jeune femme était devenue. Tout lui semblait irréel. Jusqu'aux mouches qu'elles voyaient s'immiscer sur la figure meurtrie et sur les plaies de ce corps désarticulé. Elle était *profiler*. Mais pourtant, c'était la première fois qu'elle avait accès à la scène du crime au même moment que la police. Jusqu'à présent, elle n'avait travaillé que sur dossiers. Son point de départ pour reconstruire le crime était les nombreuses photos prises sur les lieux. Et les divers témoignages. Malgré le dégoût ressenti par l'odeur âcre du sang séché qui lui brûlait presque les narines, son cerveau se mit en mode actif tandis que ses yeux enregistraient les alentours et l'atrocité du corps maltraité. L'environnement était calme. Le parking était quasiment désert : un camion stationnait au fond ainsi qu'une Ford un peu plus loin sur la droite. Et la voiture en question. Celle qui retenait encore prisonnière la malheureuse victime. Le coin n'était visiblement pas passant. En plus, l'éclairage n'était pas puissant si on faisait abstraction de la lumière blafarde des projecteurs de la police. L'agresseur ne semblait donc pas avoir été dérangé durant ses actes.

— A qui appartient cette voiture ? entendit-elle Kev demander.

Elle sursauta au son de sa voix grave et revint aussitôt sur terre. Lorsqu'elle commençait à analyser n'importe quelle situation criminelle, elle se trouvait toujours en état de transe, visionnant dans sa tête les faits et gestes de l'agresseur et de la victime. Ses schémas qu'elle tentait de coordonner lui permettaient de se faire une idée plus précise d'un tueur. Le commissaire indiqua de la main une ombre penchée en avant devant un buisson:

— C'est le type là. Il n'arrête pas de vomir. Il a eu un sacré choc en faisant cette découverte. Encore maintenant, il ne s'en est pas remis.

Kev et Jamie s'approchèrent de l'homme qui, péniblement, se relevait en essuyant de sa manche la bile qui lui collait aux lèvres. Il était agité. Anxieux. Effrayé également. Le commissaire poussa l'homme à raconter ce qu'il s'était passé avant la découverte du corps. L'homme gémit un «*Encore ?*» d'une voix presque inaudible. Mais il s'exécuta en se redressant de nouveau et en fixant à tour de rôle les deux personnages.

— Je sors rarement lorsqu'il fait jour. Mais j'arrive à me forcer car il faut bien que j'aille voir le docteur. La nuit, je reste calfeutré chez moi. Le docteur m'a demandé d'essayer de me forcer, comme en plein jour mais vraiment, je n'y arrivais pas.

Sa voix se brisa dans un sanglot et des tremblements commençaient à envahir ses mains. Il les plaqua d'ailleurs sur ses cuisses et poursuivit après avoir expiré bruyamment pour se donner contenance.

— Il me manquait des bières. J'en avais vraiment envie car il y avait le match à la télé. En différé. J'ai hésité et puis je me suis rappelé de ce que m'avait dit le docteur. Alors, pour une fois, je me suis forcé. Je me suis persuadé que rien de mal pouvait arriver durant les dix minutes maximum, temps nécessaire pour prendre la voiture, aller acheter les bières et rentrer. J'étais si fier de moi d'avoir réussi.

Subitement, il se mit à pleurer. Kev lança un regard sur Jamie. Celle-ci leva les sourcils en le fixant de ses yeux clairs. Contre toute attente, elle lui sourit. Kev ne put reprendre ses esprits que lorsque Jamie se retourna vers le témoin. Décidément, il n'aimait pas cette sensation qu'elle lui faisait ressentir à chaque fois qu'elle posait les yeux sur lui.

— Et il y avait cette femme.... Attachée à MA voiture! Pourquoi?

— Elle était attachée lorsque vous êtes descendu de chez vous? Vous habitez donc dans le coin ? demanda Kev.

– Non, Je me suis garé ici pour aller au drugstore. Je revenais avec les bières. Je les ai posées sur la banquette arrière. Puis je suis entré et j'ai démarré. Mais quelque chose coinçait.

— C'est à dire? questionna de nouveau Kev.

— La voiture ne voulait pas démarrer. J'avais mis le contact, les phares enfin bref... je suis descendu pour voir ce qui m'empêchait de reculer. Et c'est alors que... avec la lumière des phares, voir ce visage ensanglanté, et cette femme complètement saccagée et...

Mais il ne put reprendre sa phrase. Les tremblements avaient pris possession de tout son corps. Ce fut dans un grand élan qu'il courut vers le buisson pour y vomir de nouveau. Puis subitement, il se mit à trembler de plus en plus fort. Ses yeux semblaient exorbités, sa peau devenait de plus en plus pâle tandis qu'il gémissait qu'il devait rentrer chez lui maintenant. Il lança un «au secours» bruyant tandis que les ambulanciers, arrivés sur les lieux, se précipitaient sur lui en tentant de le calmer. Ils l'allongèrent finalement sur une civière. L'homme tremblait toujours. Kev ne put s'empêcher de lancer au commissaire :

— Mais c'est quoi ce cirque ?

— Il s'appelle Geoffrey Brichard, répondit le commissaire. Il est en traitement actuellement chez le docteur Brady, psychanalyste à l'excellente réputation si j'en crois mes brèves recherches sur Internet.

Il brandit son Iphone puis poursuivit :

— On devrait le rencontrer. C'est pas que je soupçonne ce... témoin. Mais il a un comportement vraiment bizarre.

— Tu as les coordonnées de son docteur ? demanda Kev.

— Et bien oui, docteur Conrad Brady sur la 5ème avenue au bâtiment...

— Je voulais dire son numéro de téléphone.

— Tu comptes l'appeler maintenant ? lui demanda t-il sans trop y croire.

Kev hocha la tête. Mais le commissaire reprit :

— Il est un peu tard pour un appel téléphonique.

— Pourquoi? Il est en conférence et ne doit pas être dérangé ?

— Non mais... il doit dormir.

— Donne-moi le numéro.

De nouveau Jamie fut surprise par l'agressivité de l'agent du FBI. Elle le regarda composer le numéro tandis que le commissaire, en haussant les épaules, retournait vers le témoin. A la troisième sonnerie, un Allô sonore se fit entendre.

— Vous êtes bien le docteur Brady ?

— Tout à fait. Qui est à l'appareil ?

— Je m'appelle Kev Carst. Je suis agent du FBI et je me trouve actuellement avec l'un de vos patients, Geoffrey Brichard. Il est le principal témoin pour une affaire de meurtre qui vient de se produire sur le parking central Noreto pas loin du Bowling. Nous aimerions avoir quelques renseignements concernant votre patient.

— Quand cela s'est-il produit ?

— Il y a quelques heures.

— Et vous dites que... il était sur les lieux? A l'extérieur ?

— Oui c'est ce que je dis.

— Pourquoi m'appeler ?

— Monsieur Brichard se comporte d'une manière assez effrayante dirais-je. Il doit nous faire une crise d'épilepsie ou un truc de ce genre ce qui fait que nous avons du mal à l'interroger. Nous aurions besoin de quelques renseignements le concernant. Je suis désolé pour l'heure tardive mais comme vous devez le savoir sans doute les premières heures sont essentielles concernant les affaires de meurtre. Nous ne pouvons pas attendre qu'il se calme car nous ne savons pas combien de temps sa crise va durer.

— Agent Carst, je m'étonne qu'une personne telle que vous ne connaisse pas la définition du secret professionnel. Avez-vous sérieusement pensé que j'allais parler *de mon patient*, par *téléphone* à une heure aussi tardive? Comme le dit très clairement l'article du Conseil National de l'Ordre des médecins, le secret professionnel, institué dans l'intérêt des patients, s'impose à tout médecin.

— Je le sais bien, je ne vous demande pas de... mais enfin nous avons un meurtre sur les bras et le témoin est incapable de répondre à nos questions. Aurait-il des tendances psychotiques?

— Je ne veux pas discuter avec vous car je ne le peux pas. Vous comprendrez aussi, je n'en doute pas, que le droit au respect de l'intimité est inscrit dans la déclaration universelle des droits de l'homme, que le secret médical est quelque chose, comme son nom l'indique, de secret et qu'il englobe exactement tout ce que j'ai vu, entendu ou compris de mes patients. Je vous signale également au cas où cela vous aurait échappé durant vos années d'étude dans la police que la loi punit d'une amende et d'un emprisonnement non seulement celui qui trahit un secret mais également celui qui tente de l'obtenir. Par conséquent, je vais raccrocher.

— J'aurais quelque chose à vous signaler moi aussi docteur, reprit Kev sur un ton suave. Le médecin est autorisé à informer les autorités si jamais l'un de ses patients présente un caractère brutal et dangereux pouvant nuire à son prochain. Ce que je vous demande est juste une simple dérogation légale. Je ne vous demande pas de briser le secret médical mais la loi vous autorise à me révéler une petite indiscrétion que tout le monde peut connaître au sujet de monsieur Brichard.

— Vous avez mon numéro de téléphone, vous devez aussi avoir mon adresse. Puisque vous tenez tant à obtenir des révélations sur des faits qui se sont déroulés durant mon activité professionnelle avec l'un de mes patients, faites moi parvenir une réquisition. Ce que j'ai pu apprendre de monsieur Brichard durant nos séances, la justice ne peut m'obliger à en faire témoignage. Je prêterai serment et ensuite je refuserai tout simplement de témoigner en invoquant, je ne sais combien de fois je dois le répéter, le secret professionnel.

Jamie secoua la tête. Elle avait suivi la conversation car Kev avait mis le haut parleur. Et elle se demanda si l'agent se rendait compte de ce qu'il faisait. Se mettre à dos un psychiatre n'était pas la bonne solution. Elle savait qu'il allait raccrocher et que ce coup de fil n'aura servi à rien. Au même moment, Geoffrey Brichard, après s'être élancé sur Kev, lui avait arraché le combiné des mains et s'était mis à hurler dans l'appareil :

— Docteur ! Aidez-moi ! Je suis sûr que la police croit que c'est moi qui ai tué cette pauvre femme et tout ça parce qu'elle était attachée à ma voiture ! Pourquoi il m'arrive une chose pareille? Je voulais juste sortir pour acheter des bières, comme vous me l'avez suggéré ! Aidez-moi! Dites leur que je n'y suis pour rien! J'ai peur!

La sueur avait recommencé à dégouliner le long de ses tempes et les palpitations reprenaient de plus belle. Il se sentit défaillir. Jamie, habituée à observer tout ce qu'il se passait autour d'elle, n'avait pu s'empêcher d'analyser l'homme qui recommençait à s'agiter nerveusement. Il n'était pas à proprement parler beau. Mais il aurait pu se dégager de ses traits un certain charme s'il n'était pas aussi négligé et s'il se tenait tranquille au moins cinq minutes. Des cheveux noirs mi longs ébouriffés. Une tenue d'un laisser aller douteux. Des yeux mobiles qui s'agitaient et qui donnaient à son air l'impression d'une bête cernée par la meute.

— Agent Carst, reprit le docteur d'un air sévère, vous devez cesser de faire peur à mon patient. Puisqu'il me l'a autorisé je vais vous répondre. Je pense que vous serez satisfait. On l'est toujours quand on obtient ce que l'on veut, n'est-ce-pas ? Mon patient est sujet à des crises d'angoisse, lesquelles, dans les cas extrêmes comme ce soir, donnent lieu à des crises de panique. Il a essayé toutes sortes de médecines douces comme l'acupuncture et la phytothérapie. Ces traitements ont eu un effet bénéfique mais cela ne durait jamais bien longtemps. Il semblait détendu puis les crises revenaient. Son état anxieux persistait. On lui a donc donné des médicaments qui agissent sur le système nerveux mais qui ne traitent pas le mécanisme de l'anxiété. Une thérapie était nécessaire pour arriver à découvrir l'origine de son angoisse profonde et surtout arriver à le responsabiliser pour qu'il soit capable de gérer son sentiment de détresse. Son médecin généraliste dont le nom m'échappe l'a dirigé vers moi. Les états de panique sont des manifestations des troubles anxieux. C'est ce qui s'est produit chez lui devant l'effroi de la découverte d'un cadavre et du soupçon qui lui laisse croire que vous seriez capable de l'accuser. Les crises ne sont pas graves même si elles sont impressionnantes. Monsieur Brichard est un homme… j'essaie de le formuler pour que vous compreniez bien ce qu'il est… apeuré par l'idée de toucher à l'autre ; de côtoyer les autres. Il a peur de sortir, peur de rencontrer des gens, peur même de les approcher de trop près. Ces trois peurs, qui n'en font qu'une en fait, apportent invariablement des crises de panique. Quand il essaie de prendre sur lui pour les affronter, il retombe dans la crainte qu'une nouvelle crise arrive et le mette en échec. Cette peur de subir de nouveau une attaque n'importe quand, n'importe où l'a rendu terriblement méfiant car il ne sait pas s'il saura conserver le contrôle de la situation. Ce soir il est donc sorti. Ce fut un très gros effort et une belle qualité de courage pour lui. Malheureusement, l'échec est cuisant. Cela nécessitera de reprendre la thérapie presque à son début. Et en plus il a découvert un cadavre. C'est manifestement une complication imprévue. Mais croyez moi, agent Carst, monsieur Brichard est incapable de faire le moindre mal. La seule personne qu'il terrorise, c'est lui. Est-il en état d'arrestation ?

— Bien sûr que non. Il est témoin simplement. Nous devons l'interroger de nouveau. Mais pour l'instant, ils vont le garder en observation à l'hôpital du Centre.

— Dites lui que je passerai le voir dans la matinée à la première heure.

Et il raccrocha.

Kev soupira. Jamie ne put s'empêcher de lui dire qu'elle ne comprenait pas son geste : croire qu'un psychiatre allait lui apporter des réponses immédiatement surtout quand, à première vue, ce Brichard ne semblait pas être responsable de ce crime. Il aurait été aberrant qu'il attache le cadavre à sa propre voiture et qu'ensuite il appelle la police, dans un état d'affolement que tout le monde avait remarqué.

— Cet homme, reprit Kev, ce Brichard… tout de même, avec ses problèmes de panique et tout le tralala, a téléphoné à la police.

Je me demandais juste s'il n'avait pas auparavant appelé son médecin qui lui aurait conseillé de nous alerter. Je ne sais pas ce que vous en pensez, mais ça me semble un comportement plus logique vu sa condition mentale.

—Et puis après ? L'important c'est qu'il ait appelé. Que ce soit son psy qui le lui ait conseillé ne change rien aux circonstances. Une femme a été assassinée. Il vaut mieux se concentrer sur la recherche du coupable au lieu de focaliser sur un homme qui n'est même pas un témoin. A l'évidence, il n'a pas vu le tueur. Il a juste découvert le cadavre.

— Pourquoi sa voiture ?

— Le parking est désert. Il aurait pu choisir la Ford là bas mais c'est mieux éclairé et il préférait certainement terminer son travail dans une obscurité partielle.

Kev se tourna violemment vers la jeune femme et, la torpillant du regard, lui dit:

— Combien de temps ça prend pour aller acheter des bières ? Est-ce que vous pensez vraiment que le tueur a fait ça à la va-vite ? Il a du transporter le corps sans laisser de trace. Choisir l'endroit pour l'attacher.

— Peut-être était-il à l'affût, attendant justement qu'une voiture arrive pour la choisir.

— Et il se serait caché où ?

— Il était peut-être lui même en voiture et lorsque Brichard est arrivé il a attendu qu'il sorte pour se diriger vers elle.

— Avec le cadavre ? Il n'y a pas de trace laissant supposer qu'il l'a traîné.

— Il a pu le porter. Ou même avoir mis une bâche sur le corps, je n'en sais rien !

Kev se dirigea vers la voiture. Il demanda alors à Jamie de chronométrer son parcours. De guerre lasse, elle mit son chrono en marche. Kev, dans son costume impeccable, car il avait ôté sa combinaison blanche, marcha jusqu'au fond du parking. Jamie le vit disparaître derrière un talus. Il devait maintenant se diriger vers le drugstore. Prendre le temps de faire comme s'il achetait des bières, payer et revenir vers le lieu du crime. Durant les minutes qui s'écoulèrent, Jamie se demanda pourquoi l'attitude de l'agent la déstabilisait. Il était grand et bel homme. Il s'habillait aussi avec une élégance recherchée et raffinée. Elle aurait été prête à parier que son costume avait été fait sur mesure chez un couturier italien. Il possédait beaucoup de classe pour un agent fédéral. Elle se surprit à revoir son visage : elle aimait son regard noir qui réussissait à la transpercer à chaque fois qu'elle y voyait une lueur de colère ou de moquerie. Mais ce qui lui plaisait le plus en lui était qu'il ressemblait beaucoup à son défunt mari. Un policier pris en otage lors d'une guerre des gangs et qui était décédé deux mois après la naissance de leur fils. Comme lui, il possédait le don de l'ébranler au moindre regard. Elle avait toujours adoré les bruns ténébreux. Quand il revint, sa démarche était toujours aussi assurée.

— Alors ? Ca fait combien ?

Elle regarda le chrono et lui avoua que cela faisait exactement neuf minutes trente deux.

— Et vous croyez, reprit-il, que le tueur aurait eu le temps de faire tout ce qu'il a fait en moins de dix minutes ? La déposer, l'attacher, lui poser la bougie, et effacer ses traces ?

— Peut-être. Si ce n'était pas un profane mais un tueur en série aguerri depuis plusieurs crimes. Je pense que c'est ce que vous avez en tête.

— Ce que j'ai en tête est bien simple : Brichard fait des crises de panique. Il a peur des autres. Je l'imagine en train de prendre sur lui, comme le docteur a dit, et d'arriver ici. Pourquoi se gare t-il là ? C'est très loin des escaliers pour rejoindre le drugstore. Il fait nuit, il doit craindre les autres si jamais il devait croiser quelqu'un...

— A cette heure ? Il n'y avait personne.

— Et donc, continua t-il en suivant son idée, il se gare. Il est suivi par un psychiatre pour des troubles mentaux bien spécifiques. Alors, si l'on en croit les symptômes de cet homme, logiquement il aurait du se garer de telle sorte qu'il n'ait pas trop d'espace entre le drugstore et sa voiture. Et au lieu de cela, il se gare super loin et parcourt, dans la nuit, tous ces longs mètres jusqu'aux escaliers. Ensuite il les reprend et il doit parcourir de nouveau tous ces longs mètres pour récupérer sa voiture.

— Peut-être était-ce un challenge pour lui. Voir s'il était capable de sortir sans avoir peur. N'était-ce pas cela le but de sa thérapie?

— Et voilà pourquoi j'ai appelé le psy. Tous ces peut-être me rendent dingue. Il nous faut des certitudes.

— Croyez-vous sérieusement Brichard suspect?

Le téléphone de Jamie résonna dans le silence de la nuit. Elle s'excusa auprès de Kev et répondit à son père qui s'inquiétait de ne pas avoir encore eu de ses nouvelles.

— Bobby est surexcité, lui dit-il, je n'arrive pas à le mettre au lit. Qu'est ce que je fais?

— Tu fais comme tu faisais quand j'étais petite. Je ne me souviens pas d'un soir où je suis allée me coucher à l'heure que je voulais, lui répondit-elle en souriant.

— Que veux-tu? Etre grand père m'a rendu gâteux. J'avais plus d'autorité en tant que père, je suis d'accord avec toi sur ce point. Et dis moi, tu as des... nouvelles?

— Ecoute papa, mets Bobby au lit. J'arrive.

Quand elle se retourna, Kev avait les yeux fixés sur elle. Elle sentit sa gorge se nouer (satanées yeux noirs! se reprocha t-elle). Elle réussit cependant à s'excuser de nouveau auprès de Kev, lui dit qu'elle aurait apprécié poursuivre la discussion sur l'énigme de la voiture garée *peut être pas* au bon endroit mais qu'elle devait rentrer. Il lui répondit gentiment qu'il la tiendrait au courant de la suite des événements si elle le désirait.

— Vous pourrez rentrer chez vous? Je veux dire, quelqu'un vous raccompagne?

Il lui sourit plus largement en lui répondant que c'était gentil de s'inquiéter mais qu'il aurait le loisir de rentrer avec l'un des policiers quand ils en auraient terminé avec tout ça. Elle répondit à son sourire puis se détourna.

4

Voir le tombeau descendre lentement vers sa demeure principale était plus qu'elle ne pouvait supporter. Jamie, après un dernier regard sur la boîte qui renfermait le corps de sa mère, se détourna les yeux humides. Les larmes se maintenaient au bord de ses cils inférieurs qu'elle tapotait avec un mouchoir brodé à ses initiales. Mais elle n'était pas ravagée par la douleur. Elle se sentait plutôt apaisée. Et elle comprenait que maintenant une page venait d'être définitivement tournée. Après toutes ces années de recherche qui avaient engendré chez elle une frénésie tant professionnelle qu'intellectuelle, elle venait de mettre un terme à sa douleur. Sa mère pouvait reposer en paix. Elle même pouvait de ce fait retrouver un semblant d'apaisement. Il était 18 heures trente. Son oncle se tenait à côté d'elle, la serrant de son bras droit. Elle n'avait pas voulu emmener son fils pour l'enterrement. Cela lui avait semblé inutile car il n'avait jamais connu sa grand-mère. Il n'avait que trois ans. Il avait le temps de comprendre que la vie ne tenait qu'à un fil. Pleurer les morts n'était pas encore une douleur pour lui. Jamie soupira. Une dizaine de personnes, tous membres de la famille, vinrent lui dire bonsoir en la remerciant pour le travail accompli. Elle leur sourit avec bienveillance. En effet, le travail de recherche était terminé. Il restait maintenant à faire vraiment le deuil. Jamie se retrouva seule avec son oncle devant le cercueil qui venait juste de se refermer à tout jamais.

— Merci pour ce que tu as fait, lui dit-elle gentiment. Ce tout comportant aussi le fait qu'aucun journaliste n'est présent. Je sais que c'est une première pour toi.

Il l'enlaça plus fortement puis, la tenant par les épaules, il l'écarta pour bien la fixer et lui répondre un peu sévèrement:

— Je ne me servirai jamais de la mort de ma sœur pour faire ma propre propagande. Je suis un assez bon gouverneur, la presse aura autres choses à se mettre sous la dent me concernant, je peux te l'assurer.

Elle l'embrassa et le remercia de nouveau. Puis elle le vit partir accompagné de ses gardes du corps qui ne le lâchaient pratiquement jamais. Une fois complètement seule, elle s'agenouilla sur le sol et posa les mains sur la pierre tombale. Elle était en train de dire à sa mère à quel point elle l'aimait lorsqu'elle entendit un craquement derrière elle. Kev venait de piétiner une brindille. Jamie se releva rapidement et, tout en tapotant sa robe, lui lança un regard interrogateur. Kev se sentit fondre de nouveau devant le charme exceptionnel d'une blonde au regard ravageur. Cela faisait six jours maintenant qu'ils s'étaient quittés sur le parking. Il avait pensé à elle. Bien trop souvent. La revoir lui fit comprendre subitement qu'il aimerait passer à la vitesse supérieure. Mais ce n'était sans doute pas le lieu pour lui avouer tout ce qu'il avait en tête, notamment des scènes explicites de jambes en l'air qui ne s'accordaient pas du tout à l'ambiance présente. Il se contenta de lui sourire en lui demandant si tout allait bien. Elle lui répondit qu'elle se sentait un peu lasse, comme si tout un poids de fatigue qui avait pesé sur elle depuis dix ans venait à l'instant de s'abattre plus fortement.

— Je suis épuisée mais en même temps heureuse que tout soit enfin terminé.

— Je comprends, lui répondit-il en fixant son regard. Cela a été une sacrée épreuve.

Il essaya de se décontracter un peu pour lui avouer la raison de sa venue.

— Je me sens un peu maladroit. Mais j'ai pensé que vous auriez aimé connaître la suite de l'affaire du parking. Je m'aperçois, sans doute trop tard, que ce n'est certainement pas le moment de vous entretenir de...

— Non au contraire, le coupa t-elle gentiment tant elle l'avait senti en train de se débattre intérieurement dans un élan de timidité qu'elle n'avait encore jamais trouvé chez lui. Brichard est-il toujours le suspect numéro 1 ?

Le sourire qu'elle lui lança tout en lui indiquant d'un geste de la main le chemin du retour l'apaisa immédiatement. Il avait cru faire un impair.

— Pas vraiment. Si l'on en croit son psy, il était hors de question pour lui de se garer trop près des autres voitures tant sa claustrophobie était persistante. Ce Brichard est un type vachement compliqué.

Elle lui lança un petit rire.

— Mais tout de même, reprit-il, je le garde sous la manche.

— Qui était la victime ?

— Une étudiante en économie. Susan Welch. 21 ans, très jolie mais extrêmement farouche. D'après ses amies, elle n'avait aucun problème concernant un ex petit copain qui aurait voulu se venger par exemple. Rien dans sa vie ne peut corroborer une vengeance meurtrière. Elle a juste eu le malheur de croiser la route d'un malade. Mais en fait, si je suis venu c'est que... il y a eu un autre meurtre.

— Quoi ? Déjà ?

— Une bougie en forme du chiffre 2 était collée sur son ventre.

Arrivés devant la voiture de Jamie, Kev lui annonça le plus tranquillement du monde mais avec un air de taquinerie bien évidente :

— Vous savez que je n'ai toujours pas de voiture !

— C'est un comble. Les agents du FBI se déplacent à vélo maintenant ?

– Elle arrive demain. J'ai passé ses six derniers jours à me faire transporter par tous ceux qui possédaient un truc roulant.

— Ne me dites pas que vous êtes venu jusqu'ici pour que je vous dépose quelque part ?

— Et bien, je suis venu, en taxi, jusqu'ici pour vous inviter à dîner.

Il essaya la manière douce car il ne voulait pas la brusquer.

— J'aimerais que nous discutions de l'affaire. Des deux affaires. Car naturellement, c'est le même tueur. Parler crime n'est pas mon sujet de conversation favori, le vôtre non plus j'en suis sûr mais en dînant ce sera tout de même moins barbant. Qu'en pensez-vous ?

Elle hocha la tête. De toute façon, elle n'avait rien de prévu.

— Mes dossiers sont chez moi, reprit-il. Je nous prépare un super repas pendant que vous en prendrez connaissance. Nous pourrons ensuite débattre au sujet de l'identité d'un tel tueur. Il n'y a pour l'instant aucune piste.

Jamie démarra en silence tandis que son cerveau se déchaînait. Il n'y avait rien de mal à aller dîner chez lui. Ce n'était pas cela qu'elle avait eu en tête quand il lui avait proposé un repas. Un restaurant était le lieu qui lui était venu tout naturellement à l'esprit. Après tout elle devait arrêter de s'en faire car Kev avait raison. Ils seraient plus tranquille pour regarder les photos macabres sans avoir la crainte de voir s'évanouir de peur la moitié des clients si jamais l'une d'entre elles s'échappait du dossier pour atterrir devant eux.

5

Kev possédait un appartement luxueux à côté de l'immense parc qui faisait partie des plus beaux de la région. Son quatre pièces était immense et la terrasse prolongeait cette sensation de grandeur. Tout était rangé. Jamie apprécia la décoration raffinée sans être ostentatoire. Le bois se mariait à merveille avec des textures plus modernes. Ils s'installèrent dans son coin bibliothèque : poutres de tous les côtés, meubles et bureaux en bois, un immense divan moelleux près d'une table basse et des plantes. Élégant et spacieux il était décoré dans des couleurs vives. Tout semblait confortable et Jamie se sentit de suite à l'aise dans cet endroit lumineux. D'où ils se trouvaient, on apercevait le parc et les innombrables arbres qui jalonnaient le sentier. Comme prévu, Kev se dirigea dans le coin cuisine à l'américaine et commença à préparer deux soles. Ils devaient maintenant analyser toutes les preuves collectées sur la scène. Comme pour le premier cadavre, il n'y avait pas d'empreintes, pas de fibres susceptibles de fournir le début d'un indice. Quant au sang, il appartenait dans les deux cas à la victime. Le tueur avait été extrêmement prudent. Il ne s'était pas coupé et les victimes n'avaient manifestement pas eu le temps de se défendre.
— Parlez moi de Susan Welch, lui demanda t-elle tandis qu'il posait les légumes autour du poisson.
Kev lui résuma brièvement sa vie. Elle était étudiante en économie. D'après les divers témoignages des amis et de la famille elle n'était pas une jeune fille délurée. Elle appréciait les sorties nocturnes avec des jeunes de son âge mais n'avait, autant qu'ils le savaient, aucune fréquentation louche. Qui plus est, elle pratiquait l'autodéfense. Jamie en était maintenant à regarder la photo de la deuxième jeune femme dont le visage boursouflé correspondait à celui de Susan. Les photos de son

corps suivirent peu après. Les mêmes traces de mutilations. La même horreur dans les actes.

— La seconde victime était identique au niveau du caractère et des fréquentations. Elle aussi pratiquait un sport de combat et avait appris à se défendre. Mais bon, on ne connaît la vie des victimes qu'à travers les autres. Elles étaient peut être tranquilles et sages. Ou pas.

Jamie leva les yeux. Kev était en train de mettre les couverts.

— D'après ces premières informations, répondit-elle, on peut avancer l'hypothèse qu'il a un type bien précis de femmes à sélectionner pour son plaisir personnel. Des jeunes femmes bien dans leur peau et dans leur tête qui ont appris à se battre.

— Vous pensez que ce dernier trait est caractéristique? Les savoir préparées à une agression agirait-il sur son besoin de crier au monde entier que rien ni personne ne sera jamais capable de l'arrêter?

— En tous les cas, si cela joue pour le choix de ses victimes, c'est une preuve de plus pour lui qu'il est irrémédiablement le plus fort. Les femmes croient être prêtes à se défendre devant un agresseur mais leur savoir faire dans les combats pratiqués et le self-control devant une telle situation ne leur ont servi à rien contre lui. La question est de savoir comment ils se sont rencontrés.

— Pcut-être à la Fac, elles sont étudiantes toutes les deux.

— Dans la même Fac ?

— Non. Nous sommes allés interroger le professeur de sport de la première victime.

— Etait-ce le même professeur que pour Sabine ?

Jamie insista sur le prénom. Elle ne pouvait supporter de travailler sans voir les êtres vivants que toutes les agressées avaient été avant de finir comme des cadavres.

— Non. La ville est vaste et elle regorge de club de sports.

— Si nous partons du fait qu'ils ne les connaissaient pas au départ, nous devons donc en conclure qu'il les a cherchées. Comment se sont-ils rencontrés ?

— Elles ne faisaient pas confiance au premier venu si c'est cela que vous avez en tête.

— Il les a abordées, reprit-elle et elles se sont laissé convaincre de l'accompagner ou de le rencontrer. Que peut-on en déduire d'une telle action ? Aux yeux de ses victimes sans doute est-il apparu comme un homme de belle apparence. Peut-être même a t-il du se montrer charmant pour mieux les embobiner.

— Nous avons affaire à un psychopathe. Je doute qu'il soit charmant.

— Les psychopathes savent se montrer très convaincants et d'agréable compagnie quand cela est utile à leurs plans. Vous savez, contrairement à tout ce que l'on peut dire sur ce genre d'individus, on peut être psychopathe sans être un tueur en série. Un pour cent de la population dans notre pays appartient à ce genre. Seulement dix pour cent sont assez violents pour se retrouver en prison. Les autres sont parmi nous.

— Vous en connaissez ? lui demanda Kev en levant les yeux sur elle.

— Bien sûr. Et vous aussi certainement. Dans la vie courante ils n'utilisent pas le crime pour assouvir leur besoin de puissance mais ils utilisent d'autres techniques. Ils sont très doués pour la parole. Ils peuvent être très à l'aise en public et parler devant un auditoire sans en ressentir la moindre appréhension. Ils sont souvent charismatiques. Ce sont de grands séducteurs. Si vous les intéressez parce que vous possédez quelque chose qu'ils désirent avoir pour eux-mêmes comme l'argent ou le pouvoir, ils arrivent sans problème à gagner votre confiance. Vous devez bien avoir dans votre entourage, même lointain, quelqu'un d'arrogant, persuadé d'être un être exceptionnel. Ils pensent que tout leur est du alors ils se servent sans états d'âme. Ils savent manipuler et beaucoup d'entre eux cachent leur arrogance sous des airs de fausse modestie. Ils ne ressentent aucune empathie. Ils mentent avec aplomb. Voilà ce qu'est un psychopathe. Dans le cas qui nous intéresse, il fait partie du pourcentage qui contient des criminels intelligents, sauvages et sans scrupule. Il sait comment ne pas effrayer ses victimes. Il peut même les aborder avec confiance et en même temps lorsqu'il sait que les mailles du filet sont prêtes à agir sur elles, ces femmes seront à sa merci. Il a évalué toutes les possibilités.

Il a analysé tous les détails. Il y a pensé et lorsqu'il se sent prêt, il passe à l'attaque sans aucune chance pour celle qui croisera son chemin car il sait se montrer affable, voire même sympathique.

— Il doit vivre constamment sous tension alors ? Je sais que le tueur n'a aucun état d'âme. Il est totalement indifférent à la souffrance d'autrui sinon il ne pourrait jamais faire ce qu'il fait. Mais tout en étant incapable de ressentir cela, il simulera.

— Exactement. Le plus important est de comprendre que rien ni personne, aucun discours, aucune thérapie ne pourra le changer. Il ne sortira jamais rien de bon de lui, ni remords, ni regrets. Si par hasard son discours le laisse entendre, c'est qu'il vous manipule.

Kev lui apporta un verre de vin blanc frais et, tandis que le repas était au four, il sortit quelques biscuits apéritifs et vint s'installer en face d'elle.

— Maintenant le lieu où il les a tuées, reprit-il en buvant une gorgée. Ce n'est pas très clair. On les a trouvées sur un parking mais ce n'était pas le même. Ils sont éloignés de sept kilomètres. Il les a achevées ailleurs. Il doit donc posséder une voiture pour pouvoir transporter les corps. Mais pourquoi un parking ? Pourquoi pas la forêt ou dans l'eau? Ce sont des endroits encore plus isolés où il serait beaucoup plus tranquille. Je veux dire, pour faire ça, les attacher à une voiture, il lui faut tout de même un peu de temps et il n'est pas à l'abri. Il pouvait se faire surprendre par un type qui allait récupérer sa voiture.

— Sabine était donc attachée aussi.

— De la même manière que la première victime.

— Il a utilisé des liens pour les maîtriser. Généralement, les premiers crimes ne ressemblent pas forcément aux suivants. Le mode opératoire peut changer.

— Il a agit de nuit dans les deux cas. Enfin, le soir. Les femmes ont disparu un peu avant vingt et une heure. D'après l'autopsie, elles sont mortes entre une heure et demi et deux heures après leur enlèvement.

Kev se releva pour vérifier le four. Il avait ôté sa veste pour préparer le repas. Il était de dos et Jamie ne put s'empêcher de le regarder. Il portait une chemise cintrée de très grande qualité. Jamie pouvait le distinguer d'un simple coup d'œil. Elle était blanche, soyeuse et légère. Elle eut une pensée pour son ancien mari qui adorait les chemises à tissus double retors. Elle se souvint de la difficulté qu'elle avait toujours eu à les repasser. La chemise de Kev était portée à l'extérieur du jean. Elle fit une moue car elle ne pouvait admirer son fessier, chose qu'elle regardait toujours chez un homme. Subitement, elle se sentit gênée lorsqu'elle réalisa qu'elle était réellement en train de lui donner une note. Elle sursauta quand Kev toujours de dos reprit la discussion :

— Il a peut-être fait de la prison. C'est vrai que certains ne sont pas stupides. Et la bibliothèque là-bas est assez fournie. S'il est si parfait dans ses crimes, c'est sans doute qu'il a fini par tout connaître des techniques d'investigation, du mode opératoire. Ça sert les bibliothèques dans une prison !

— Pas forcément en prison. Je vous signale que le tueur en série Griffiths avait commencé un doctorat à l'université de Bradford et y étudiait la criminologie.

— On ne peut pas faire d'un cas une généralité.

Alors qu'il allait se retourner, elle baissa rapidement les yeux en donnant l'impression d'avoir été jusque là occupée à observer les dossiers qu'elle avait sous les yeux. Mais sa voix se fit plus douce quand elle lui répondit.

— Il a pris un soin méticuleux à positionner le corps non seulement dans un endroit particulier mais également dans une pose particulière.

— Le parking c'est pour qu'elle soit découverte rapidement et en même temps suffisamment isolé la nuit pour le laisser travailler sans être dérangé.

— Mais concernant les dix minutes qu'on avait chronométrées...

— Cela a duré trente minutes. Brichard a parlé avec le vendeur.

— Mais ça, le tueur ne pouvait pas le prévoir.

— Il l'a tuée ailleurs. Il a juste déposé le cadavre sur le parking. L'attacher et lui poser la bougie, effacer ses traces, ça n'a pas du lui prendre longtemps. Il a du s'entraîner pour être le plus rapide possible. Finalement, dix minutes c'est largement suffisant pour faire ce qu'il a fait.

Kev revint s'installer après avoir apporté l'entrée : une salade avec des fonds d'artichaut et du parmesan.

— Il l'a attachée d'une manière précise et compliquée. Il l'a poignardée à plusieurs reprises, reprit Jamie.

Kev hocha la tête. Durant près de trois minutes, ils ne dirent plus rien, trop concentrés sur la délicieuse entrée. Jamie ne put s'empêcher de lui avouer une fois qu'elle eut fini son plat:

— Vous êtes un cordon bleu, c'est tellement bon! Je n'avais jamais goûté à une telle salade !

Kev lui sourit en lui répondant qu'elle n'avait pas encore dégusté sa sole aux petits légumes. D'ailleurs il était temps d'aller voir un peu ce qu'il se passait dans le four. Il se leva rapidement en lui faisant un petit signe de la main. La situation était étrange. Ils étaient en train de discuter sur les actes d'un tueur en série, cherchant à analyser ses faits et gestes et son mental pour réussir à l'appréhender et cependant, elle avait l'impression qu'un léger flirt venait de s'établir entre Kev et elle. Ce n'était pas le moment idéal pour cela. A moins que son imagination ne lui jouait des tours et qu'elle se croyait courtisée par tous les hommes de la terre. Depuis la mort de son mari, elle n'avait eu que de brèves aventures sans lendemain. Elle n'avait jamais donné une chance à une situation. Car elle s'était enfuie à chaque fois, déprimée à la seule idée qu'elle était en train de tromper son mari. Jamie redressa la tête en soufflant. Il est mort ! se réprimanda t-elle. Qu'y avait-il de mal à trouver Kev séduisant ? Rien naturellement car séduisant, il l'était. Mais il ne l'avait pas invitée pour une partie de séduction. Il le lui avait dit : c'était juste plus agréable de parler boulot devant un repas que cernés entre quatre murs dans les locaux du FBI. Et pourtant, elle se sentait attirée par cet homme. Il émanait de lui une attraction irrésistible due sans doute à ses yeux noirs, sa peau mate et son port altier. Car parfois il se montrait sévère, puis l'instant d'après le sourire réapparaissait comme si de rien n'était. Cela avait le don de l'intriguer. Mais plus encore, son charme latino le rendait irrésistible. Ses traits étaient virils sans pour autant sombrer dans un machisme exagéré. Et puis son élégance naturelle se complétait merveilleusement avec ce qu'il portait. Il revint peu après en apportant le plat principal. Elle voulut s'y jeter goulûment pour penser à autre chose mais se retint de justesse. Il ne fallait pas qu'elle se montre ridicule. Tandis qu'il était en train de la servir, elle essaya de se reprendre. Le sex-appeal de cet homme ne devait plus la troubler. Ils avaient un travail à faire. Et elle s'était jurée de ne plus tomber dans les bras d'un policier, fut-il agent du FBI.

— Pourquoi ne pas la tuer simplement d'un coup de couteau dans le cœur ? demanda Kev.

Jamie sursauta au son de sa voix. Heureusement qu'il n'était pas doué en télépathie sinon elle se serait mise à rougir en sachant qu'il savait ce qu'elle avait pensé.

— C'est parce qu'il voulait la voir se contorsionner de douleur, reprit-il sans la regarder tout en dégustant sa sole. Il a pu commencer et terminer son sale boulot dans les bois. Là au moins il était sûr d'avoir tout son temps.

— Puis il a attendu dans une voiture... Est ce que Brichard a fait attention aux voitures stationnées dans le parking ?

— Il croit qu'il y en avait une autre. A côté de la Ford. Mais il n'en est pas sûr. De toute façon, ce qu'il peut nous raconter !

— Il n'est plus votre principal suspect.

— Ce n'est pas dit. Tout le monde est suspect avant d'être innocenté.

— Il préfère les massacrer. Il coupe la gorge comme s'il sciait un arbre. Ce qui a provoqué des blessures profondes, beaucoup de souffrance et des giclements de sang un peu partout car la carotide a été sectionnée. La vue du sang doit jouer dans son fantasme. Qu'est-ce qui l'a poussé à agir ainsi ?

— Tout acte criminel a pour origine une déviance. Il en avait besoin.

— Tout à fait. Il n'a pas été dérangé. Que nous apprend la position du corps ?

— Elles sont à moitié nues. Il les a laissées dans une position dégradante, jambes écartées et les yeux ouverts.

— Il voulait qu'elles continuent à contempler son œuvre.

— Un malade !

— La position du corps nous apprend beaucoup sur lui. Il est fier du travail accompli. Pour lui, sa victime ne doit pas reposer en paix car dans son esprit pervers c'est une garce qui a cru qu'elle pouvait être supérieure à lui. Mais malgré ses cours d'autodéfense, il lui a donné une leçon : *Regarde ce que j'ai réussi à faire ! Tu te croyais invincible mais tu ne peux rien contre moi. Je suis le plus fort.* Alors il l'entraîne dans un coin sombre où il pourra tout à loisir prendre son temps pour commencer et terminer son œuvre. Elle est totalement à sa merci. Le premier meurtre s'est passé sans aucun incident et cela l'a excité car il se croit invincible.

— La bougie qu'il a laissée, c'est sa carte de visite.

— A t-il emporté quelque chose?

— Elles n'avaient pas de sous vêtements.

— Peut être les volent-ils pour les porter ensuite. Les a t-il violées ?

— Non. C'est peut-être ça qui a fait qu'il s'est acharné sur elles. Un impuissant ?

— Il a pu éjaculer à la vue du sang. Tuer provoque en lui un raz de marée d'émotions intenses, un orgasme.

— Ouais... comme on l'appelle dans le jargon, le syndrome de Dracula. Mais pas de sperme sur les lieux ni sur elles.

— Il a pu se protéger. Le tueur a rêvé de cet instant, pendant des années, il a vécu avec ses fantasmes. Puis, une fois tout accompli dans sa tête, le scénario était en place. Il était prêt à passer à l'acte. Lorsqu'il réalise ses fantasmes, certains aspects de ses meurtres nous racontent son histoire. Il était temps pour lui de rendre ses rêves réels. La façon dont il les a tuées, sa signature est ancrée dans sa nature profonde. Lui même ne comprend pas pourquoi il agit ainsi car c'est trop profond. Mais si nous, nous arrivons à comprendre ce que signifie sa signature alors nous serons capables de résoudre cette affaire.

— Le mode opératoire a changé. Pour le second meurtre, elle avait conservé sa culotte.

— Le mode opératoire est ce qui est nécessaire pour commettre un meurtre alors que la signature *est ce qui est inutile pour commettre un meurtre mais psychologiquement essentiel au tueur.* Le mode opératoire peut changer. Il peut s'affiner. Mais la signature reste la même. C'est le «pourquoi il tue» qui ne change pas. Bon, résumons-nous.

Kev croisa les bras derrière sa tête et répondit qu'il attendait ses conclusions. Son sourire cette fois-ci ne réussit pas à la troubler. Elle se trouvait en territoire conquis concernant les meurtres et elle se devait de garder la tête froide pour tout analyser correctement.

— Après son geste, dit-elle, il se sent encore plus fort. Déjà qu'il se croit invincible, il en rajoute encore une dose après chaque meurtre. Il laisse ses victimes à la vue de tous. Lorsqu'un tueur couvre le corps ou le cache, on sait ce qu'il nous laisse entendre même s'il l'ignore lui même : il dit qu'il se sent mal après son geste. Mais dans notre cas, c'est tout le contraire. Le tueur a contrôlé la situation, il a tué lentement et d'une manière très méthodique. Cela démontre son sadisme. Dans la très grande majorité des cas de mutilations, le tueur est de la même race que la victime. Ensuite, la scène du crime dévoile une grande organisation. Une conduite aussi irréprochable ne peut pas avoir été faite par un homme trop jeune. Sinon, il aurait fait des erreurs car il n'aurait pas eu suffisamment de temps pour tout bien analyser. Pas trop vieux non plus. On l'aurait déjà remarqué et il ne peut conserver ses fantasmes ni les contenir au delà de son approche raisonnable. Ces tueurs ont eu une enfance difficile dans des foyers brisés. Donc il éprouve de la difficulté à entretenir des relations à long terme avec une femme. Il a du couper les liens avec sa famille ou ne conserver que l'un de ses parents. Il est très intelligent. Très propre. Il n'attaque pas immédiatement sa victime. Il parle, il joue en fait avec elle. Gagner sa confiance est déjà le début de sa jouissance. Il se contrôle parfaitement. Il est méthodique, organisé, la scène de crime est sans empreinte. Son quotient intellectuel est très élevé. La façon dégagée dont il a conduit cette scène avec rapidité démontre qu'il connaît parfaitement les lieux. Par conséquent, je peux me risquer à poser un profil : c'est un homme de race blanche, dans la trentaine. Il vit seul même s'il n'est pas ermite. Il peut facilement circuler dans la société comme si de rien n'était, montrer un visage normal. Il doit s'en féliciter de voir que les autres sont vraiment bêtes et que lui est donc au dessus d'eux. Il doit demeurer tout près. Peut-être vit-il même pas très loin d'ici. La police l'a déjà interrogé. Ou ne va pas tarder à le faire.

Après un long instant de silence, Jamie leva la tête et croisa le regard de Kev posé sur elle avec ce soupçon de raillerie qu'elle avait déjà remarqué chez lui. Mais il continuait de sourire et décroisa ses mains.

— Alors, je vais devoir relire très soigneusement toutes les dépositions qui ont été faites, répondit-il tranquillement tandis qu'il se levait pour débarrasser la table.

Jamie se dépêcha d'en faire autant mais il lui ordonna de ne pas bouger. Il l'avait invitée et elle devait considérer qu'elle était au restaurant. Et comme il la voyait mal se précipiter dans les cuisines pour demander au chef la permission de faire la vaisselle, elle devait agir de même ici. Il poursuivit en lui disant qu'il avait une salade de fruits et une coupe de champagne. Car il était évident qu'il fallait fêter ce grand moment d'analyse. Jamie se demanda s'il n'était pas en train de se moquer d'elle. En tous les cas, elle était ravie que la soirée touche à sa fin. Elle en avait par dessus la tête maintenant des tueurs en série et des crimes sordides qui avaient martelé sa vie depuis dix ans. Un bon dessert, une bonne coupe et puis sans doute serait-il temps de rentrer chez elle. Elle voulait oublier. Elle se l'était promis d'ailleurs lors de l'enterrement de sa mère. Une page était maintenant tournée et elle se devait de commencer sa vie sur un autre chapitre loin de la folie meurtrière. Elle avait même pensé travailler pour un ami qui était détective privé. Après tout, courir après les maris volages serait assez amusant et cela lui permettrait de ne plus voir la vie comme une tâche noire faite de cadavres et de sang. Si Kev n'était pas venu la chercher, sans doute aurait-elle oublié cette affaire. Elle l'avait suivi car elle avait eu besoin, à ce moment là, d'une compagnie, histoire de penser à autre chose qu'au corps de sa mère dans une boîte. Sa décision avait été prise. Ceci serait sa dernière aventure périlleuse dans le monde des fous. Elle rêvait maintenant d'une vie normale avec son fils et pourquoi pas un homme capable de la combler sans parler constamment des horreurs que des êtres humains faisaient subir à leurs semblables. Quand Kev revint en lui présentant un joli bol dans lequel des fruits colorés étaient cernés de chantilly, elle décida de se laisser aller et de voir où cette soirée allait la mener. Kev attrapa une cerise. Jamie se demanda comment elle pouvait trouver une telle sensualité dans un geste aussi banal. Elle plissa les yeux comme pour bien analyser ce qui l'avait troublée. Elle le regarda tandis qu'il avait la tête baissée sur sa salade de fruits. Il gobait chacun d'entre eux lentement et par petites bouchées. Puis, tout en dégustant, il leva les yeux sur elle et lui sourit. Jamie, un moment déstabilisée, lui rendit son sourire. Ce faisant, il baissa de nouveau les yeux et poursuivit son repas. C'est alors qu'elle le regarda *vraiment*. Il se dégageait de cet homme un attrait puissant tant il était beau et bien fait de sa personne. Il leva de nouveau la tête. Cette fois ci, elle eut du mal à supporter le regard magnétique de ses yeux noirs profonds. Une petite lueur dansait tranquillement dans ses pupilles. La jeune femme, de nouveau tétanisée par la fascination qu'elle commençait à ressentir pour lui, se sentit littéralement happée. Elle réussit à soutenir son regard puis, presque imperceptiblement, Kev orienta ses yeux sur sa bouche. Elle ressentit instantanément une légère piqûre sur ses lèvres qu'elle entrouva légèrement d'une manière machinale. Kev se servit de son regard pour accrocher le sien encore plus intensément. Elle ressentit la force de sa proposition silencieuse tandis que la lueur se faisait de plus en plus lumineuse dans les yeux de l'homme. Il avait envie d'elle. Elle ne pouvait pas se tromper sur le sens du signal que son regard lui envoyait : il bifurquait sur ses lèvres, sur sa poitrine puis revenait hanter ses yeux. Il plissa légèrement ses pupilles puis avança sa tête d'un millimètre. Ce mouvement presque insignifiant l'excita. Elle ne réussit pas à contrôler l'effet de surprise de ce qui était en train de se passer. Elle avait *aussi* envie de lui. Elle secoua ses épaules, prise par un tressaillement soudain. Tandis qu'ils se regardaient, ils étaient en train de communiquer, sans rien se dire. Jamie ne comprenait pas pourquoi, soudainement, l'atmosphère de la pièce s'était transformée en une sensualité légère qui flottait au dessus d'eux. La douceur du regard de Kev, l'insistance langoureuse que lui renvoyaient ses deux billes noires la força presque malgré elle à détourner la tête. Elle ne voulait pas reprendre ses esprits. Elle voulait simplement lui faire comprendre que ce qu'il voulait était ce qu'elle voulait aussi. Après tout, pourquoi pas ? Elle était libre. Il était temps de recommencer à vivre. Même pour une nuit. Kev la regardait toujours. Comme si de rien n'était, avec une nonchalance étudiée, elle se mit à caresser la tige du verre à pied entre son pouce et son index. Elle glissait tranquillement ses doigts sur la tige de haut en bas puis de bas en haut. Il était temps maintenant de lui faire comprendre qu'elle était prête à répondre à ses avances. Il était temps d'allumer la flamme. Elle détacha sa chevelure. Elle prit bien soin de prendre un air de sainte nitouche qui ne correspondait pas du tout à ses pensées. Comme si le glissement de ses doigts sur la tige du verre n'était qu'accidentelle. Comme si elle était perdue dans ses pensées. Ses mèches vinrent caresser ses épaules. D'un geste lent, Kev emprisonna ses doigts pour faire cesser le mouvement sur le verre à champagne. Leurs yeux se croisèrent de nouveau. Un peu plus fiévreux. Pourtant, Kev ne bougeait toujours pas. Seule sa main gauche était venue se poser sur la sienne. Sa main chaude qui palpait ses doigts avec douceur. Elle lui sourit alors. Timidement. Elle aurait aimé lui envoyer un signe d'encouragement un peu plus puissant. Comment pouvait-elle être paralysée par une émotion *naturelle* ? Tout en caressant ses doigts, Kev passa une main dans une mèche de ses cheveux, frôlant ainsi son corps. L'émotion fut délicieuse. Presque nouvelle. Allons, se reprit-elle, ce n'était tout de même pas la première fois qu'un homme la touchait. Il fallait arrêter de penser. *Calme toi,* pensa t-elle en fermant les yeux. Mais elle les ouvrit rapidement en s'écriant mentalement qu'elle ne voulait pas se calmer. La main de Kev s'attardait sur son cou. Elle se sentait fébrile. Des picotements commencèrent à envahir son bas-ventre. La sensation de plénitude qui suivit quand il posa ses lèvres sur son cou fit disparaître toutes ses craintes. La suite des événements pouvait être hasardeuse. Si son corps palpitait sur ce léger contact, comment allait-elle réagir *ensuite* ? Elle respira un bon coup, comme pour se donner contenance et entamer le chemin dont elle avait envie. Le bout de la langue de Kev continuait son exploration sur son cou. Le contact de ses lèvres sur sa peau la fit tressaillir. Il était trop tard pour retourner en arrière et se dire que ce qui était en train de se passer n'existait que dans son imagination. L'homme à ses côté savait ce qu'il voulait, lui. Elle le sut aussi dès que les doigts de Kev obliquèrent sur sa bouche. Elle avait déjà succombé aux ondes délicieuses qui s'agitaient en elle. Leur course effrénée se propageait dans son corps. Elle attrapa les doigts de Kev entre ses lèvres. Elle voulait goûter sa peau. Elle les mordilla puis lentement les suça les uns après les autres. Elle adora l'odeur sucrée qu'ils dégageaient. Une douce chaleur l'envahit. Pendant qu'il défaisait son soutien gorge, il l'embrassa sur l'opulence de sa poitrine encore tenue en respect par le sous vêtement. Elle gémit de plaisir sous ses coups de langue. Ken en profita pour balancer le pull et le soutien gorge au travers de la pièce. Il s'attarda sur sa poitrine qui se gonflait et redescendait au même rythme que sa respiration. Saccadée. Haletante. Il posa alors ses mains sur ses seins. La douceur de ses doigts sur sa peau nue lui sembla irréelle quand il se mit à la caresser. Elle ne bougeait plus, incapable de se détacher d'une emprise aussi délicieusement puissante. Sa peau se réveillait à l'affût de la prochaine caresse. Quand il lui lança d'une voix rauque à quel point elle était belle, elle retint sa respiration. Les mains de Kev se baladaient tranquillement sur son corps. Elle attendait avec fièvre chaque nouvel assaut de ses doigts. Elle ne savait pas à quel endroit du corps les mains de Kev allaient se poser. Tout son être restait dans une tension délicieuse car il la surprenait à chaque fois. A chaque fois elle ressentait de nouvelles sensations. Elle aimait le visage de Kev qui la regardait dans les yeux comme pour apprécier chacun de ses gémissements. Kev lui sourit, une lueur espiègle dans le regard. C'est alors qu'il baissa la tête pour atterrir sous sa jupe. Ce mélange d'excitation et de chaleur la fit gémir plus fort. Jamie oublia la pudeur et toute retenue en laissant échapper un cri de plaisir quand il lui enleva sa culotte. Ses mains étaient chaudes et fermes. Elles remontaient et redescendaient lentement. Sous la frénésie de ses caresses, elle se sentait chavirer. Elle avait compris ce qu'il avait en tête, absorbée dans l'attente qu'il mette à exécution son projet de la goûter. Ses sensations étaient décuplées car elle ressentait toutes les subtilités de l'excitation qui n'avait fait que l'envahir progressivement pour devenir maintenant plus tenace et plus féroce. Cette lente marche vers l'extase la troublait. Elle commençait déjà à comprendre que sa patience allait la récompenser. Leurs langues se lièrent de nouveau pendant qu'ils tanguaient au rythme effréné des coups de reins de Kev. Il n'arrêtait pas de lui parler, sa voix n'étant qu'un murmure au souffle haché tandis qu'il lui demandait si la cadence lui convenait. Sa manière de faire était presque autoritaire même si elle restait douce. Le face à face leur permettait de mieux s'observer en se lançant des regards et des sourires et recevant en plein visage le souffle saccadé qui sortait de leur bouche. Il la pénétra de nouveau avec une vigueur qui annonçait un nouvel ouragan de plaisir. Ils ne se contrôlaient plus. Leurs corps se déchaînaient. Celui de Jamie se contorsionnait sous les vagues de jouissance qui la parcouraient. Les coups de butoir de Kev s'accentuaient alors qu'elle peinait à reprendre son souffle. Kev s'activait. Elle le sentait chancelant, toujours fondant sur elle, prêt à sa propre explosion. Il s'acharnait avec tant d'obstination qu'elle sentit un nouvel orgasme se préparer au plus profond d'elle. Il était très habile, calant sa cadence sur ses nouveaux cris. Ils jouirent tous les deux sans retenue après vingt minutes de combat charnel.

Allongés côte à côte sur le dos, ils restèrent ainsi sans bouger, reprenant leur souffle. Puis, tendrement, Kev l'enlaça et lui murmura de nouveau à quel point elle était belle. Jamie ne sut pas quoi lui répondre et se contenta de lui sourire en lui chuchotant qu'il était bête. Kev se mit à rire doucement et Jamie le suivit. Ils passèrent près de quinze minutes à parler de tout et de rien, de leurs envies respectives sur la façon de mener leur vie. Jamie était sur le point de se lever pour s'habiller tout en se demandant où avait bien pu passer sa culotte. Ses habits devaient être éparpillés sur le sol du salon. Mais Kev l'agrippa soudainement par la taille et lui demanda de rester avec lui cette nuit. Elle essaya de refuser poliment mais elle ne trouva pas de réelle excuse. Son fils était chez son grand-père et elle avait donc tout loisir de faire de sa nuit ce qu'elle en voulait. Kev insista tant et si bien qu'elle sentit fondre toutes ses résistances. Surtout lorsqu'il se rapprocha d'elle et l'embrassa à pleine bouche. Ses soupirs reprirent de plus belle. Ils s'aimèrent jusqu'à épuisement total, jusqu'à avoir atteint la source d'un orgasme qui laissa pantelants leurs deux corps en surchauffe. Jamie se sentait apaisée. Elle avait l'impression que son âme flottait dans un état d'apesanteur. Ils avaient tout donné d'eux-mêmes dans une audace inouïe. La plénitude les baigna d'un bonheur et d'une satisfaction profonde. Ce fut une heure après leurs seconds ébats qu'elle s'endormit profondément dans ses bras.

6

A six heures trente du matin, elle ouvrit un œil. Puis un autre. C'était toujours à cette heure là qu'elle se réveillait. Malgré le peu de sommeil, elle ne dérogea pas à l'appel d'une envie d'un bon café. Kev continuait à dormir. Elle se leva sans faire de bruit après l'avoir contemplé une minute entière dans sa nudité complète. Elle se mit à sourire, heureuse de se trouver là. Elle alla se dénicher une serviette et pénétra sous la douche. Un quart d'heure après elle se dirigea, vêtue de ses vêtements de la veille qu'elle avait eus bien du mal à retrouver, vers la cuisine pour préparer du café. Kev dormait toujours. C'est à cet instant que le téléphone se mit à sonner. Trois fois. Au bout de ce laps de temps, le répondeur se mit en marche et Jamie reconnut la voix du commissaire Quins.

— Salut Kev ! Bouge un peu ton cul et viens répondre! Ah d'accord je vois, t'as encore fait des folies de ton corps cette nuit, petite sauvage. Et cela va t'empêcher d'entendre en direct une excellente nouvelle. Et une moins bonne. Voire carrément mauvaise. Mais bon... commençons par le côté positif de la chose : l'empreinte de la chaussure qui s'est enfoncée dans le sol de la scène du premier crime... on a les résultats. Les dimensions et les dessins de la semelle nous ont permis d'identifier le type. Les traces nous permettent même d'affirmer qu'il doit faire dans les 1m80, 1m85 et grâce à la super empreinte 3D on peut même ajouter qu'il doit peser dans les quatre vingt kilos. Voilà le premier profil physique du suspect. Je suis allé personnellement vérifié dans la base de données et nous avons maintenant la marque du produit et donc du lieu où il a été fabriqué. Pointure 45. Type de chaussure pas vraiment rare mais tout de même ciblée pour une clientèle aimant le luxe dirais-je. Elles se vendent par correspondance dans une boutique italienne pour ceux qui apprécient ce qui est fait main.

Un *Richelieu*, certainement en cuir, une pièce unique de la collection Sareno.

Jamie hocha la tête lentement. Il était rare de nos jours pour un tueur de ne laisser aucune trace sur son lieu du crime. Les traces de chaussures portaient en elle pas mal de renseignements sur la personne qui les avait portées, et même sur la rapidité de ses mouvements. Il existait aussi un fichier mis à jour régulièrement par les fabricants qui fournissaient eux mêmes les images des nouveaux motifs de leurs nouvelles semelles. Pour un crime, il ne suffisait pas de porter les chaussures d'un autre pour passer inaperçu car une personne laisse automatiquement de l'ADN à l'intérieur de la chaussure qu'il porte et ce faisant le risque d'erreurs était fortement diminué. Le commissaire Quins continuait de parler :

— Et la mauvaise nouvelle maintenant, c'est que logiquement cette trace ne correspond pas à celle de ton suspect numéro 1, ce dingo de Brichard. Il ne porte que des baskets et franchement je ne crois pas qu'il soit un véritable dandy. Et puis, un troisième corps a été découvert il y a tout juste une heure. Une autre étudiante trouvée dans la même position que les deux autres victimes. Le médecin légiste et moi même sommes encore sur les lieux. Passe moi un coup de fil, je t'indiquerai où nous serons quand tu daigneras lever ton gros culo. Ma ché ! Ciao ! termina t-il en prononçant ce mot avec un fort accent italien.

Jamie sourit de nouveau quand Quins raccrocha. Nonchalamment, elle lava sa tasse et décida d'aller voir un peu si Kev ne s'était pas réveillé entre temps. Il était temps pour elle de rentrer récupérer son fils. Mais elle ne voulait pas quitter les lieux sans lui dire arevoir. Quand elle passa de nouveau dans le salon, elle faillit glisser sur la chemise de Kev jetée par terre. Elle se souvint alors avec émotion de leur nuit mouvementée. Elle la ramassa et la posa sur un fauteuil. Ce faisant elle trébucha carrément sur une chaussure. Elle réussit à se rattraper au fauteuil tout en maudissant l'obscurité. Mais où étaient donc ces satanés interrupteurs ? Quand elle avait parcouru le chemin en sens inverse pour se rendre dans la cuisine, elle avait réussi le prodige de ne rencontrer aucun obstacle. Elle avait même réussi à rassembler toutes ses affaires sans encombre dans la faible luminosité. Elle trouva finalement l'interrupteur avec un soupir de soulagement. Encombrée par la chaussure qu'elle tenait à la main, elle décida de chercher l'autre pour les poser côte à côte. C'est lorsqu'elle la regarda qu'elle fut saisie par une émotion qui la fit sursauter. N'en croyant pas ses yeux, elle scruta intensément la semelle puis retourna la chaussure. Elle la reconnut grâce à ses nervures asymétriques courbées et au fait qu'elle ne portait aucun lacet central. Ce détail qui faisait toute la différence pour une superbe chaussure italienne, la rendit tout à coup très nerveuse. Elle lâcha le soulier et courut aussi vite qu'elle le put, sans réveiller l'homme toujours endormi, vers la penderie du couloir, juste devant la chambre à coucher. Ce qu'elle y découvrit la figea sur place. Une dizaine de paires de souliers s'y tenaient fièrement déposées sur des étagères. Elle reconnut une Derby en cuir, légèrement arrondie au bout, une autre en cuir d'aspect huilé qui lui donnait un côté brut et usé mais cela dit, son prix était élevé. Mais le problème était qu'elles portaient toutes la marque de la trace de l'empreinte du suspect. Jamie ne voulait pas y croire et cependant quelque chose lui soufflait qu'elle était en train d'accuser Kev d'un crime odieux par le seul fait qu'il possédait des chaussures italiennes. Son cerveau s'activa alors qu'elle se tenait toujours devant la penderie ouverte, n'en croyant toujours pas ses yeux. Combien de tueurs en série avait-elle connu que tout le monde avait trouvé charmant, sociable avant de découvrir ce qu'ils avaient eu l'atrocité de faire? Elle se surprit à reprendre sa respiration qu'elle avait coupée sans s'en rendre compte. Ce fut dans cette position, les yeux toujours fixés sur les chaussures que Kev la surprit en sortant de la chambre. Il lui lança un bref «Ça va Jamie ?» puis, lentement, se rapprocha d'elle. La jeune femme sursauta et referma le placard. Elle essaya de lui sourire en lui disant qu'il était tard et qu'il fallait qu'elle rentre récupérer son fils.

— Et tu as pris mon placard pour la porte de sortie ? demanda t-il sans un sourire.

Elle se retourna et courut jusqu'à la porte d'entrée qu'elle ouvrit précipitamment, Kev sur ses talons. Elle l'entendit lui demander plutôt sèchement pourquoi il avait l'impression qu'elle s'enfuyait mais elle lui fit un petit geste de la main et tout en descendant les marches à toute vitesse, il l'entendit répondre :

— Je suis très en retard, je dois absolument retrouver mon fils. On s'appelle !

Kev, les sourcils froncés, referma la porte lentement.

Geoffrey se réveilla en pleine nuit. Il se trouvait dans le couloir de sa petite maison tout en se demandant ce qui avait bien pu le réveiller. Le silence de la nuit était total. Quoique, si on tendait bien l'oreille, on pouvait entendre un petit grincement qui provenait du salon. Curieux mais cependant craintif, il décida d'aller voir un peu ce qui se passait dans la pièce à côté. Dès qu'il alluma la lumière, il inspecta les alentours. La salle lui sembla alors d'une propreté immaculée. C'était étrange. Il n'avait pas fait le ménage depuis au moins une semaine. Il détestait ça. Cependant, de temps en temps, il devait surgir en lui quelques instants de profonde méticulosité car, comme ce soir par exemple, tout était impeccablement rangé. Il ne se souvenait plus quand il avait nettoyé. Ces satanées pilules lui coupaient des pans de sa mémoire. Il devrait en parler au docteur. Le grincement reprit de plus belle sur sa droite. Il s'avança et découvrit sur le sol un corps qui semblait pris de convulsions. Un corps de femme. Les yeux écarquillés et la bouche dans un rictus d'horreur, il réalisa qu'il y avait dans son salon un être au bord de l'agonie qui respirait en lançant des râles de suffocation. Elle avait les mains et les pieds liés et était à moitié dévêtue. Sa tête était enfermée dans un sac en plastique. La pauvre victime s'étouffait sous son propre sang qui baignait sa gorge et tout son corps. Geoffrey sentit une contraction dans son cœur. Trente secondes après, pris d'une crise de panique et de frayeur, il s'effondra évanoui.

Le tueur reprit là où il s'était arrêté. Comment cet abruti de Geoffrey avait-il pu se réveiller alors que lui même se trouvait en plein travail ? Quelle avait été la faille ? Les deux dernières fois tout s'était passé sans problème. Mais le tueur ne devait pas se soucier de cela. Geoffrey était reparti dans un sommeil de plomb et lui même pouvait donc terminer tout à son aise sa troisième œuvre. A moins que le mieux était de se dépêcher. Après tout, l'autre cinglé pouvait de nouveau se réveiller et il était hors de question de laisser son travail inachevé. Pestant devant ce contretemps, il empoigna par les poignets le corps maintenant sans vie de la jeune femme et l'entraîna hors de la maison. Il n'était pas prévu dans son plan que les flics découvrent cette femme ici. Cela serait trop facile. Et il voulait s'amuser encore un peu. Sans doute que Geoffrey allait parler de cet épisode à son docteur. Mais que pouvait-il lui dire d'autre qu'une aberration ? Lui dire qu'il avait vu un cadavre dans sa maison ? Mais il n'avait pas vu le tueur. Et quand il se réveillera, il ne restera plus aucune trace de ses méfaits. Le tueur était maniaque et ne laissait aucune trace susceptible d'échapper à sa vigilance. **Bon sang**, ricana t-il intérieurement, **je suis beaucoup trop fort. Geoffrey va encore se croire plus atteint qu'il ne pensait déjà l'être.** Cela, tout de même, plut au tueur. Il s'amusait vraiment beaucoup. Dehors deux heures du matin venaient de sonner. Une heure après, il rentrait chez lui et, se déshabillant à la hâte, s'engouffrait dans son lit. Une bonne nuit de sommeil allait le requinquer de son boulot épuisant. Il ne put s'empêcher de sourire devant sa supériorité. Personne ne pourrait réellement le soupçonner.

7

Durant le trajet qui la conduisait chez son père, Jamie ne put s'empêcher de penser à Kev. En fait, que savait-elle de lui ? Il s'était révélé un amant impeccable. Se retrouver dans ses bras avait été un délice. Cela faisait longtemps qu'elle ne s'était plus laissé aller aux sensations sensuelles d'une nuit érotique. Il avait de l'humour. Il était intelligent. Rien d'autre ne lui vint à l'esprit. Etait-il possible qu'il soit torturé intérieurement sans le laisser paraître ? Cependant, il était entré au FBI. Et la chose devait être portée à son crédit. Car pour faire partie de l'élite, des compétences étaient requises. Poser une candidature et être accepté signifiait qu'il avait obtenu satisfaction au niveau de son profil car les critères de sélections étaient très stricts : avoir au minimum un diplôme de master et avoir un casier judiciaire vierge. Puis, après la première sélection, il avait du avoir droit à toute une batterie de tests écrits et oraux. Le FBI enquêtait aussi sur le candidat potentiel. Tout était passé au crible. On faisait des investigations très poussées au sujet du passé du candidat en interrogeant notamment toutes les personnes qu'il avait côtoyées, que ce soit sa famille, ses voisins, ses collègues, ses employeurs. Il avait du subir aussi des tests psychologiques et une recherche approfondie sur ses idées personnelles. Il avait du même passer le test du détecteur de mensonge. Alors, il fallait vraiment être folle pour songer qu'il pouvait avoir abusé le grand Inquisiteur qu'est le FBI. Le fait qu'il porte des chaussures italiennes ne faisait pas de lui un meurtrier. Combien d'hommes au Texas portaient les mêmes ? Elle s'en voulut alors de la méfiance qu'elle avait eue à son égard à l'instant même où elle avait découvert la marque de fabrique de ses chaussures. Et puis, il avait un alibi quasi inattaquable. Il avait passé la nuit avec elle. Mais, après cette affirmation, le doute s'insinua de nouveau chez elle. Pour le premier meurtre, il était avec elle également. Cependant, il était arrivé en retard. Pour le second, elle n'en savait rien car elle ne l'avait revu que la nuit dernière. Et pour cette nuit là, il était tout à fait possible qu'il soit parti chasser pendant qu'elle dormait. Elle secoua la tête incrédule. Elle aurait pu se réveiller et voir le lit vide et son alibi serait tombé à l'eau. Ou alors, continua t-elle de penser en fronçant les sourcils, il l'avait droguée en mettant des somnifères dans son repas. Après tout, c'était lui qui l'avait préparé. Et elle s'était assoupie sans demander son reste. Naturellement, sa fatigue de cette nuit là pouvait venir essentiellement de leurs ébats mouvementés. Mais à minuit, elle dormait déjà. Et elle ne s'était réveillée qu'à six heures trente. Elle secoua la tête de nouveau, énervée par ses pensées morbides. Il était inutile de rester dans ce doute persistant. Elle allait mener sa petite enquête assez rapidement car elle ne savait pas si elle pourrait se comporter normalement avec lui. Elle s'en voulait de sa méfiance mais en même temps il lui fallait des réponses à ses questions. Et pourtant, elle se sentait complètement ridicule d'avoir de telles idées négatives le concernant. Cela faisait une demi-heure maintenant qu'elle l'avait quitté et elle ressentait déjà le manque. Même son cœur se mit à battre si fort au seul souvenir de leur nuit passionnée qu'elle crut qu'il allait exploser. Le comportement sexuel de Kev n'avait rien de bestial ou de primaire ou tout du moins ne laissait rien présager d'un problème psychologique particulier. Elle était certaine que le tueur en série que la police recherchait actuellement était un être qui haïssait les femmes. Qu'il en avait peur. Et qu'il aurait été étonnant qu'il puisse en toucher une et lui *faire l'amour*. Car c'était cela que Kev lui avait fait. Il lui avait parlé durant l'acte. Il n'avait pas cessé de lui chuchoter si tout allait bien pour elle, si elle était sensible à ses coups de reins, si la cadence lui convenait. Elle ne l'avait pas senti à ce moment là inquiet mais surtout désireux de lui faire plaisir. Il avait accéléré le rythme puis avait sagement ralenti pour faire durer l'instant. Elle se souvint de la puissance de son corps contre le sien et cette sensation merveilleuse que son propre corps à ce moment là faisait partie intégrante du sien. Tout, dans ses actes et ses paroles, tout avait été fait avec élégance, audace et sensualité. Il s'était montré très attentionné au désir de sa partenaire. Il avait voulu et recherché ce qu'elle aimait pour répondre admirablement à ses besoins. Elle secoua sa longue chevelure en se disant qu'elle était folle.

Quand elle arriva chez son père, son fils lui sauta au cou. Elle joua avec lui pendant plus d'une heure. Elle adorait l'innocence de ses jeux. Cela lui permettait d'abandonner toutes les horreurs de son métier. Elle se plongea avec bonheur dans des parties de puzzle. A neuf heures son portable sonna. Kev était à l'autre bout du fil la prévenant qu'un autre cadavre venait d'être découvert sur le parking sud cette fois ci de la place centrale. Sa voix était calme et posée. Elle n'y décelait aucune note d'agacement. Au contraire, le timbre chaud de sa voix la fit vibrer. Elle ferma les yeux un instant et lui dit qu'elle y serait dans une demi heure.
— On est en chemin vers l'institut médico-légal, lui répondit-il. Si tu veux, tu peux nous y rejoindre. La scène du crime est gelée mais toutes les photos ont été prises. Je suggère que nous nous voyons ce soir chez moi pour en discuter, ajouta t-il avec une légère impertinence dans la voix.
Elle nc put que bafouiller qu'elle était avec son fils ce soir et qu'elle partait immédiatement pour la morgue. Elle raccrocha après lui avoir lancé un « A de suite » d'une voix qu'elle voulut plaisante pour ne pas le heurter. Elle prévint son père qu'elle allait devoir travailler encore toute la journée. Pourrait-il garder Bobby au moins jusqu'à ce soir ? Le grand père et le petit fils sautèrent de joie tous les deux.

8

Une fois dans la voiture, elle changea d'avis. Elle ne voulait plus se rendre à l'Institut médico-légal. Elle y était passée souvent ces dix dernières années et à chaque fois, elle s'était jurée de ne plus y retourner. Elle se souvint avec dégoût de la puanteur des lieux. Une odeur tenace qui semblait avoir transpiré du sol et des murs jusque dans la salle d'autopsie. Et puis, elle en avait assez vu des corps sans vie étalés sur la table au dessus de laquelle trois baies étaient percées pour bien mettre en évidence et dans une clarté absolue les cadavres sur l'inox. Elle frissonnait rien qu'en songeant aux outils de dissection. La dernière fois qu'elle avait mis les pieds dans cet endroit avait été un jeudi du mois de mars. Elle se souvint encore du fait qu'elle avait vomi son petit déjeuner, très discrètement du reste, en courant vers les toilettes. Tout avait commencé lorsque le médecin légiste avait fait une incision longue et profonde pratiquée du menton jusqu'aux organes génitaux sur un homme mort par arme à feu. Elle avait failli se boucher les oreilles lorsqu'elle avait entendu le bruit des côtes sectionnées tandis que le médecin poursuivait ses investigations en accédant aux principaux organes. L'ouverture de l'intestin du cadavre avait laissé s'échapper une odeur infecte. Jusque là, elle avait réussi à tenir le coup. Ce fut l'ouverture de la boîte crânienne qui lui soufflait encore des souvenirs atroces. Pour accéder au cerveau, le médecin avait carrément scalpé le mort puis avait continué sa découpe en s'attaquant à la boîte crânienne à l'aide d'une scie électrique à plâtre. C'est quand il s'était mis à tirer ensuite la peau du crâne et celle du visage comme s'il s'amusait à y retirer un morceau de cellophane, qu'elle s'était sentie défaillir. Elle ne pouvait tout simplement pas supporter ça. Elle n'avait pas l'âme à proprement parler sensible. Mais la déchéance d'une vie brisée que l'on allait fouiller de fond en comble lui était insupportable. Même si elle respectait énormément le travail d'un médecin légiste elle avait pour l'instant autre chose à faire. De toute façon, elle n'avait de compte à rendre à personne. Elle n'avait pas été embauchée pour résoudre ces meurtres. Pas encore. Elle s'arrêta sur le côté pour pouvoir téléphoner en sécurité. Au bout de la troisième sonnerie, la femme de son ancien coéquipier lui répondit. Jeannette Barrot était secrétaire au bureau du recrutement du FBI et c'était tout naturellement à elle que Jamie avait pensé pour connaître plus à fond le cursus de Kev. Après les bonjours de politesse, Jamie en vint au but de son appel. Jeannette, quelque peu réticente au début, lui proposa finalement et ce officieusement, de lui envoyer une copie par e-mail du dossier de l'agent Carst. Elle connaissait Jamie depuis de longues années et ne pouvait rien lui refuser. Et puis, ce n'était pas comme si elle trahissait un secret. Jamie travaillait pour le FBI et son grade lui permettait de demander des renseignements sur les employés avec lesquels elle était amenée à coopérer. Mais Jeannette lui demanda seulement de ne pas ébruiter le fait qu'elle avait répondu à sa demande. Jamie la rassura. Elle ne voulait pas non plus que l'on sache qu'elle enquêtait sur un agent fédéral. Trois minutes plus tard, après avoir regardé droit devant elle les voitures qui défilaient en roulant décidément beaucoup trop vite, elle se cala sur son dossier et, après un soupir, se brancha sur Internet. Elle ouvrit rapidement l'e-mail. Ce qu'elle apprit sur Kev l'étonna un peu. Il était très bien noté et n'était pas un simple agent fédéral. Il avait le grade de commandant. A l'évidence, il n'usait pas de son titre car il se présentait en tant qu'agent. Elle fronça les sourcils et se remémora sa première rencontre avec lui. Il lui semblait maintenant lui avoir entendu dire qu'il était monté de grade après l'arrestation du Tueur à la lame. Mais elle était, à ce moment là, trop en colère contre lui pour y avoir prêté attention. Elle lut très rapidement le compte rendu qui faisait de Kev un candidat extrêmement prometteur au sein de l'agence. Tout le monde semblait lui avoir donné des appréciations positives et élogieuses. Lorsqu'elle arriva au passage de sa vie familiale, elle découvrit qu'il avait été élevé par monsieur et madame MacProty. L'homme était un ancien gardien d'école à la retraite maintenant et son épouse travaillait toujours en tant qu'infirmière à l'hôpital du Centre. Une mention très rapide sur sa mère biologique l'intrigua. Il était écrit qu'elle avait refusé de l'abandonner tandis que les époux MacProty avaient suggéré une adoption. Elle avait seulement autorisé ces personnes à faire partie de la vie de son fils. Et c'était tout. Pas d'autres explications concernant ce fait troublant. Elle referma internet, songeuse. Au même moment, elle entendit le bip de son répondeur. En entendant la voix de Kev lui signaler qu'il se rendait avec Quins au poste de police pour interroger *quelqu'un* et qu'elle était la bienvenue, elle poussa un léger soupir.

— Je préfère te prévenir, continuait-il. Je m'en voudrais de te voir arriver à la morgue assister à la dissection toute seule. Mais si tu peux encore faire demi-tour, nous t'attendons ici. Le type que nous allons interroger connaissait de près la troisième victime. Ainsi que la deuxième. A tout de suite.

9

Au volant de sa voiture, arrêtée au feu rouge, Jamie se demanda soudainement pourquoi elle restait ici, dans cette ville soi disant calme et verdoyante. Elle regarda avec attention des hommes en combinaison blanche travailler pour la voirie. Ses yeux obliquèrent immédiatement sur leurs chevilles. Ils étaient enchaînés. Les détenus venaient des sept prisons que possédait cette petite ville *tranquille*. Elle démarra dans un crissement de pneus. Finalement, elle se sentait mal à l'aise de vivre ici. Ce sentiment désagréable de ne pas se trouver au bon endroit pour profiter pleinement de sa vie avait commencé à s'enliser en elle puis à se propager depuis l'enterrement de sa mère. Son fils avait trois ans. Il venait juste d'entrer à la maternelle. Elle avait toujours vécu à Huntsville, dans ce Texas qu'elle avait toujours chéri. Mais elle devait bien s'avouer que la discipline scolaire était sévère. Quiconque commettait un impair en bafouant le règlement intérieur de l'école subissait des représailles de la part des autorités. Et cela commençait à la gêner. Elle n'avait jamais eu de souci d'aucune sorte pourtant avec les règlements. Elle avait poursuivi ses études sans encombre. Cependant, elle devait avouer que depuis qu'elle était entrée au service de la police, elle avait compris que dès la maternelle tout élève qui perturbait le cours n'allait pas directement dans le bureau du directeur pour une petite remontrance. Aucune discussion n'était possible. L'élève récalcitrant recevait à son domicile un procès verbal. Il n'était pas rare de voir ce genre de procédé même pour des élèves de six ans. Elle savait, d'après son expérience professionnelle, parmi de nombreux détenus et récidivistes, que cette façon de procéder pouvait être extrêmement perturbante. Cela avait certainement dû causer des préjudices dans le cerveau encore jeune et malléable. Elle en avait discuté avec son oncle. En tant que gouverneur il avait essayé de prévenir les autorités que ces agissements que beaucoup pensaient sains pouvaient toutefois être nuisibles. Mais la politique étant ce qu'elle était, il n'avait pas assez tapé du poing sur la table pour faire cesser cette loi. Les élections à venir étaient toujours un frein. Elle secoua la tête en espérant que tout se passerait bien pour Bobby. Elle devait quitter le Texas. Elle en était quasiment sûre aujourd'hui. D'ailleurs bon nombre de lois y étaient étranges. La plus saugrenue était celle qui obligeait les malfaiteurs à prévenir leurs victimes vingt quatre heures à l'avance et *par écrit* des délits qu'ils allaient commettre. Si la chose avait seulement été envisageable, il est certain que le Texas aurait réellement été un endroit calme et tranquille. Peut-être qu'ils devraient chercher dans le passé scolaire un individu particulièrement perturbateur qui avait fait plusieurs sessions dans des établissements spécialisés pour les élèves récalcitrants. Elle devrait en parler à Kev. Elle s'en voulait encore d'avoir réagi avec lui avec autant d'immaturité. Et le soupçonner de crimes atroces avait vraiment été un comble. Il lui plaisait c'était certain et elle croyait en son innocence. Cependant, quelques zones d'ombre dans sa vie devaient être tirées au clair. Elle ne pouvait tout simplement pas faire confiance à un homme qu'elle connaissait si peu finalement. En arrivant au poste de police, elle surprit le shérif local en pleine discussion avec son adjoint. Ce dernier lançait des «C'est pas croyable !» toutes les trois secondes tandis que le shérif, de sa voix de ténor, son chapeau de cow-boy sur la tête et ses pieds posés sur la table tandis que lui même était assis sur une chaise en bois lui disait :

— Je te dis que dans le comté de Montgomery ils ont un nouveau drone !

— C'est pas croyable !

— Les flics ont juste à rester assis à leur putain de bureau et surveiller la ville sans la moindre fatigue.

— C'est pas croyable !

— Et encore, je te raconte même pas de quoi cet appareil est capable. Tu veux que je te le dise ?

L'adjoint secoua la tête tandis qu'il était appuyé contre le mur, à l'évidence conquis par les paroles de son patron.

— C'est comme un hélicoptère qui est piloté à distance, tu vois, car on y a installé une caméra juste à l'avant. Il est équipé d'un détecteur de chaleur infrarouge, d'un GPS et on peut même y embarquer des armes.

— C'est pas croyable !

— Ah madame Cartwight! fit alors le shérif en découvrant Jamie sur le pas de la porte d'entrée.

Il se leva d'un bond, rajusta son chapeau et lui lança avec un grand sourire :

— Ben ça alors, pour une surprise. Si je m'attendais à vous revoir ici.

— Bonjour shérif, je suis là à la demande de l'agent Carst qui doit être en train d'interroger un suspect.

— Ah ouais, poursuivit-il en lui serrant chaleureusement la main. Ils sont dans la pièce à côté, je vais vous y conduire. On m'avait prévenu qu'un agent du FBI allait venir mais je sais pas pourquoi je pensais à un type. Enfin bref, ravi de vous revoir. Vous connaissez mon adjoint ?

Jamie secoua la tête puis serra la main de l'adjoint qui ôta rapidement son chapeau pour lui dire bonjour. Puis le shérif l'entraîna dans un dédale de couloir tout en poursuivant ses descriptions détaillées de tout à l'heure.

— Vous le saviez, vous, qu'un drone était opérationnel ?

— Oui, répondit Jamie en souriant, mais les habitants ne sont pas à proprement parler ravis de cette trouvaille.

— Je veux bien le croire, se moqua t-il, car maintenant fini toutes les petites activités qui pourraient les embarrasser s'ils se faisaient filmer en train de les faire.

— Et pour la Doge ?

Le shérif s'arrêta de marcher et la fixa de ses gros yeux bleus sur lesquels deux grosses broussailles grises venaient de former un point d'exclamation :

— La Doge Challenger SRT8 ? Bon sang, quelle bagnole ! C'est pas dans notre service qu'on aurait eu droit à un tel cadeau. Elle peut dépasser les 500 chevaux m'a t-on dit. Dans mon secteur, vous savez qu'on se déplace encore à cheval ?

Il reprit la marche puis laissa pénétrer la jeune femme dans une pièce sombre. Il lui fit signe d'y aller seule en lui chuchotant avant de fermer la porte :

— Vous verrez la scène par la baie. Et les micros sont branchés. Vous allez pouvoir étudier le personnage tout à votre aise. Je ne vous dérange pas. Ils viennent juste de commencer. A tout à l'heure.

— Attendez, vous avez arrêté un suspect. Lui avez-vous lu ses droits ?

— Madame Cartwight, nous avons fait une seule erreur il y a trois ans et vous nous le reprochez encore. C'est normal que vous vous inquiétez après cette bévue mais croyez moi nous lisons les droits maintenant à toute personne pénétrant dans cette pièce. Même s'il s'agit d'un simple témoin. L'affaire est grave et nous ne commettrons plus d'impair.

— Je vous demande pardon je ne voulais pas...

— Non non... la reprit-il en bombant le torse, c'est normal que vous vous inquiétez. Le type a été informé de son droit à garder le silence et que tout ce qu'il dira pourra être utilisé contre lui devant les tribunaux, il sait qu'il a le droit de convoquer un avocat mais il en a pas voulu puisqu'il vient juste témoigner mais on lui a tout de même précisé que s'il n'en avait pas les moyens... enfin vous connaissez la suite.

— Oui ça ira.

— La cour a annulé les aveux de ce tordu de Bradship en tant que moyen de preuves car on ne lui avait pas lu ses droits. Croyez-moi, cela ne se reproduira plus.

Il referma délicatement la porte. Jamie s'avança vers la baie vitrée. Il y avait trois ans de cela, le tueur qui sévissait à Huntsville était passé dans ce même local et tous ses aveux n'avaient servi à rien. La Cour en avait décidé ainsi. Heureusement que les preuves étaient accablantes pour envoyer cette pourriture dans le couloir de la mort. Le cinquième amendement était formel : nul ne pouvait être forcé à témoigner contre lui même. Jamie s'avança jusque devant un bureau et s'installa confortablement sur un fauteuil en cuir. De là elle pouvait assister à la scène qui se jouait devant elle. Elle vit Kev et le commissaire Quins ainsi qu'un homme de près de trente ans, vêtu avec élégance et semblant parfaitement à son aise. Elle regarda de nouveau Kev et sa beauté virile faillit lui couper le souffle. Il était impeccable dans son costume trois pièces. Ses cheveux étaient toujours lissés en arrière. Elle le vit enlever sa veste, la poser sur le dossier et retrousser ses manches délicatement tandis qu'il posait nonchalamment des questions au témoin.

— Ainsi vous l'avez observé ?

— Ben oui, répondit le témoin tranquillement. Il faut dire qu'il dénotait un peu dans l'ambiance générale.

— Combien de temps l'avez vous observé ?

— Au moins cinq bonnes minutes pendant qu'il était en train de baratiner la fille. Je me disais qu'il s'y prenait bien car à l'évidence elle semblait ravie. Il faut dire qu'il était très élégant. Je vous dis qu'il dénotait parmi tous ces étudiants pour le moins vêtus de *jeans*.

Il fit une moue désabusée tandis qu'il frottait sa main sur son pantalon de flanelle à la recherche d'un atome de poussière. Vu sa façon de s'habiller et la qualité de ses tissus, il était évident que pour lui le jean représentait le summum du mauvais goût.

— Vous étiez à quelle distance environ ? demanda Kev.

— Trois tables nous séparaient. Je l'ai vu un peu de profil mais le plus souvent j'avoue que c'était de dos.

— L'éclairage était-il suffisant ? Vous vous trouviez en boîte de nuit et la luminosité est faible.

— Pas là d'où nous nous tenions. C'étaient des tables réservées, vous voyez, un peu en retrait de la salle de danse. Le boucan était le même mais on pouvait s'asseoir en buvant un coup loin de la foule. Et la lumière y est moins tamisée.

— Qu'est ce qui a attiré votre attention?

Jamie comprenait le sens des questions de Kev. Elles étaient parfaites pour un début d'interrogatoire. Capitales même pour cerner la crédibilité du témoin.

— Ben… c'est qu'il a réussi à l'aborder quoi. Tandis que moi elle m'avait carrément jeté. Pas méchamment. Mais elle m'avait fait comprendre qu'elle n'était pas venue ici pour rencontrer des hommes. Elle était juste là pour se détendre avec ses amis. Alors quand j'ai vu ce type approcher, je me suis dit qu'elle me prenait soit pour un débile parce que à l'évidence elle n'avait pas l'air de le connaître et que donc il venait de l'aborder tout comme je l'avais fait auparavant, soit je me suis dit qu'elle n'avait pas voulu me brusquer en me faisant comprendre que je n'étais pas son type. Elle me l'a dit gentiment c'est vrai. Après tout c'est son choix. Je ne peux pas plaire à tout le monde. Mais cet homme, comment dire, était presque comme moi. Je veux dire, il était élégant. Vous voyez ce que je veux dire agent Carst ?

Kev continuait à le regarder sans broncher. Ce fut d'une voix posée qu'il lui répondit:

— Vous voulez dire qu'il était classe comme vous.

— Voilà. Comme vous aussi d'ailleurs. Votre costume est italien non ?

Ken ne releva pas et poursuivit son interrogatoire.

— Pourrait-on dire que vous étiez dans un état émotionnel qui pourrait laisser présumer que vous étiez contrarié en réalisant qu'il avait réussi là où vous aviez échoué ?

— Eh, répliqua le témoin en levant ses paumes, c'est humain de se sentir déçu quand une fille vous plaît et qu'elle en préfère un autre. Faut pas chercher plus loin. Je me suis ramassé une veste ok mais bon c'est pas comme si j'étais amoureux. Il n'y avait pas qu'elle dans cette boîte.

— Et pourtant vous les avez observés durant cinq bonnes minutes. C'est un bon bout de temps.

— Je l'ai observé, lui. J'ai toujours aimé la mode et les beaux tissus et je sais reconnaître un costume de prix à un autre bon marché. J'ai été stupéfait en reconnaissant que le costume provenait d'un couturier italien et fait main j'en mets ma main au feu. Et si vous ne me croyez pas, je peux vous dire, d'un simple coup d'œil la marque de votre costume et…

— Cela n'aurait aucun intérêt. Je vous crois sur parole.

Maintenant c'était le moment de l'interroger sur l'apparence physique de cet homme. Kev semblait bien avoir appris ses leçons car c'est ce qu'il fit :

— Alors, à quoi ressemblait-il ?

— À un italien. Il avait les cheveux mi-longs rejetés en arrière et un maintien très latin. Il a même parlé avec les mains, c'est vous dire.

— Sa taille ?

— Plus d'un mètre quatre vingt je dirais et bien proportionné. Un bel homme quoi, qui s'habillait bien. Mais bon... j'avais un peu bu je dois vous le signaler tout de même.

— Les témoins alcoolisés au moment des faits peuvent faire des déclarations aussi précises qu'une personne à jeun. Ne vous inquiétez pas.

Kev avait immédiatement adopté les positions d'interrogatoire. Il était en avant, ses coudes étaient posés sur la table et ses paumes se tendaient vers le haut. C'était une attitude bien précise, une façon de briser les barrières défensives de la personne qu'il interrogeait. Et il y réussissait bien puisque le témoin semblait parfaitement à l'aise. Soudainement Kev se leva. Il fit quelques pas et se rapprocha de l'homme toujours assis. D'ailleurs Kev posa ses fesses sur la table et se penchant sur l'homme lui dit d'une voix posée mais assez brusquement :

— Ça été pareille pour Sabine, n'est ce pas ? La deuxième victime, vous l'avez aussi abordée et elle vous a rejeté. Dans la même boîte qui plus est.

— Qui est Sabine ? s'étonna t-il.

— Vous la draguiez elle aussi et elle vous a envoyé sur les roses.

— Vous voulez dire... Mon Dieu ! Elle a été tuée elle aussi ?

Son ton semblait naturel ainsi que sa surprise. Mais Kev continua sur sa lancée :

— Deux belles étudiantes qui vous ont rejeté, vous, le bellâtre au costume d'un tissu si délicat et pourtant vous ne leur avez pas plu du tout. A votre place, j'aurais été très contrarié.

L'attitude de l'homme changea du tout au tout. Il était maintenant mal à l'aise et très anxieux. Ce fut d'ailleurs d'une voix aussi blanche que son visage sur lequel tout le sang semblait avoir disparu qu'il répondit :

— Bon Dieu.... Je suis ... *suspect* ?

Il n'en croyait pas ses oreilles. Soit il jouait très bien la comédie, soit il était réellement sous le choc.

Kev se mit à lui parler des crimes. Il les évoqua sans sourciller, détaillant la mise à mort des trois victimes. Il alla même jusqu'à lui présenter les photos des cadavres. L'homme devint blanc. Il se leva et recula jusqu'à la cloison en déclarant que cet interrogatoire devait se terminer immédiatement. Kev, d'une voix douce et les yeux toujours fixés sur lui, répondit qu'un interrogatoire ne pouvait être fait que par un juge. Et que la police ne faisait que des *auditions*. L'homme s'essuya rageusement la sueur qui coulait de ses tempes et lui demanda, glacial, s'il était venu en tant que témoin ou en tant que suspect. Si la deuxième réponse était la bonne alors il demandait la présence de son avocat. Il ne dirait rien de plus. Kev lui demanda pourquoi il se sentait subitement concerné. Jusqu'à présent il avait répondu avec beaucoup de gentillesse. L'homme détourna la tête et croisa les bras tout en tournant le dos aux deux policiers. Jamie secoua la tête visiblement contrariée. Une fois que l'on avait déclaré vouloir parler à un avocat, les agents devaient cesser de poser des questions. C'était la loi. Elle fut rassurée en voyant Kev se lever et sortir de la pièce tranquillement. C'était au tour du commissaire Quins de prendre la relève. Jamie espéra qu'il saurait le calmer. Elle observa le visage de l'homme toujours dos à Quins. Il regardait le miroir et Jamie pouvait le contempler tout à son aise. Il n'avait pas l'air coupable. Il semblait très en colère par la perspective nouvelle qui était venue s'incruster dans son cerveau. La police le croyait coupable ! Alors qu'il n'avait voulu que les aider en portant témoignage, la réalité des faits semblait réellement l'effrayer et le contrarier en même temps. Bon nombre de criminels avaient pris part, de nombreuses fois, aux enquêtes policières. Bon nombre d'entre eux s'étaient totalement investis dans la recherche du criminel, prenant plaisir à donner des indications qui n'étaient que de fausses pistes. Ce jeu pervers les comblait. Ce n'était pas parce qu'une personne désirait ardemment aider la police qu'elle était innocente. Mais cela ne voulait pas dire qu'elle était coupable non plus. Le minimum de psychologie requis devant le témoin toujours en colère suffisait à lui faire réaliser qu'il n'était pour rien dans les crimes. Mais il fallait le garder sous la manche. On ne pouvait jamais être sûr de rien à ce stade de l'enquête. Alors que le commissaire Quins disait à l'homme qu'il était libre et pouvait rentrer chez lui mais qu'il devait se tenir à la disposition de la police en cas de besoin, la porte dans laquelle Jamie se trouvait s'ouvrit brutalement. Elle sursauta puis reconnut Kev qui avançait vers elle, un grand sourire aux lèvres.

— Je suis content de te voir. Tu crois que c'est grave si tu me manques déjà ?

Il lui sourit encore plus largement en effleurant de sa main une mèche de cheveux. Il laissa ensuite ses doigts glisser le long de sa joue. Jamie frémit à ce contact et lui répondit d'un sourire. Ne voulant pas laisser son trouble l'envahir, elle décida de se concentrer sur son boulot en lui disant gentiment :

— Je sais que tu ne le crois pas coupable. Mais tu n'as pas pu t'empêcher de tout faire foirer.

Kev se mit à rire et retira sa main qui était venue caresser la nuque de Jamie.

— Ce type ne me plaît pas, ricana t-il. Je suis certain à quatre vingt dix neuf pour cent qu'il n'a rien à voir dans l'affaire qui nous occupe. Mais son air narquois, sa suffisance... tout ça m'a sérieusement gavé. Je suis heureux de lui avoir fait perdre de sa superbe en lui montrant les photos. T'as vu comme il est devenu pâle ? J'ai bien cru qu'il allait nous faire un petit malaise.

Jamie secoua la tête en faisant la moue. Kev en profita pour lui attraper le menton et la forcer à rester tranquille. Il plongea son regard dans le sien, un regard magnétique d'un noir profond qui la faisait frissonner. Ils se contemplèrent en silence durant quelques secondes puis Kev baissa son regard jusqu'à ses lèvres. Elle les entrouvrit légèrement, émoustillée par ce qui se préparait. Elle passa sa langue sur sa lèvre inférieure d'une manière aguicheuse. Un silence chargé de désir envahit la pièce.

Kev passa de nouveau sa main sur le visage de Jamie. Il la trouvait tellement belle qu'il ressentit la chaleur l'envahir complètement. Leurs têtes s'avancèrent alors lentement et Kev inclina la sienne. Mais au lieu d'atterrir sur ses lèvres, il bifurqua sur son cou qu'il suça langoureusement tandis qu'elle laissa passer quelques soupirs. Il entendit la respiration un peu saccadée de Jamie et il en profita pour s'éloigner un peu et plonger de nouveau ses yeux dans les siens. Jamie attendait que sa langue se mêle à la sienne. Il comprit ce qu'elle pensait et il approcha son visage du sien. Sa main tenait toujours en respect son menton. Il posa alors sa main gauche sur le bas de ses reins. Elle s'arqua et avança son bassin jusqu'à lui. Le vertige qui annonçait l'union de leurs lèvres dans les quelques secondes qui allaient suivre la rendit nerveuse et impatiente tout à la fois. Elle était maintenant collée à lui et elle entendait même son cœur battre sous sa chemise hors de prix. Il effleura doucement ses lèvres puis laissa passer petit à petit le bout de sa langue. Tandis qu'ils se goûtaient mutuellement, il partit à l'assaut de son palais. Elle gémit de plus belle. Leurs langues se rejoignirent, se léchèrent de nouveau, se mêlèrent. Il commença à la caresser. Il partit de ses jambes, insistant sur ses cuisses, remontant sur son ventre à travers les vêtements. Puis, alors qu'elle ne s'y attendait pas du tout, elle poussa un cri. Kev venait de poser sa main sur ses fesses et s'était permis un massage prononcé. Il avait soulevé sa jupe sans qu'elle prenne conscience sur le moment de ce qu'il s'apprêtait à faire. A l'aide de sa main, il continuait de la pétrir tendrement puis de manière plus prononcée tandis que sa langue poursuivait l'exploration de la bouche. Le baiser fut toujours aussi long et profond. Tout en éveillant son désir, il fit monter l'excitation. La langue de Kev et ses mains sur ses fesses... tout était si doux qu'elle eut l'impression de devenir bouillante. Il passa un bras autour d'elle et la pressa contre lui. Il lui mangeait maintenant la bouche avec une telle ferveur qu'elle eut une envie folle de lui arracher ses vêtements. Quand il déposa sa main sur sa culotte, de guerre lasse et le souffle court, elle réussit à le repousser. Ils se regardèrent en silence et sans bouger durant quelques secondes.

Elle le contemplait. Il était si grand, si beau et si imposant. Il se redressa, la regarda intensément. Elle eut du mal à soutenir son regard tant l'exaltation était visible en elle. Puis Kev reprit son sourire charmeur quoique légèrement narquois.

— Tu viens de me repousser ! gémit-il en exagérant le ton de sa voix.

— Ce n'est vraiment pas le moment, répondit-elle encore sous le coup de la chaleur.

— On se voit ce soir ? reprit-il en tirant délicatement sur une boucle blonde.

Jamie en avait vraiment envie. Mais cette histoire commençait à la dépasser et elle ne savait comment réagir. Et puis il y avait Bobby...

— Tout est allé si vite, lui dit-elle. Nous n'avons même pas pris le temps de nous connaître.

— Oui nous sommes passés directement aux actes. Mais moi contrairement à toi, je ne le regrette pas.

Il lui lança un regard interrogateur et Jamie baissa la tête. Il était temps de se montrer franche.

— Je ne regrette rien. Mais le problème c'est que je ne suis pas disponible... pour le moment.

Kev se cabra tout en fronçant les sourcils. Elle maintint son regard et poursuivit :

— J'ai un enfant. Un garçon de trois ans qui vient de passer deux mois avec son grand-père pendant que j'étais en Afrique du Sud. Je ne peux pas, à peine arrivée, le confier encore aux soins de son grand-père et faire comme si tout cela ne me concernait pas. Je lui ai expliqué que mon départ était lié à mon travail, sans entrer dans les véritables raisons de ce travail évidemment. Mais maintenant je suis de retour et je ne peux pas encore l'abandonner. Je suis sa mère. Je dois m'occuper de lui. Je *veux* m'occuper de lui. Qu'il soit en vacances chez son grand-père, ça passe encore. Mais maintenant, nous devons reprendre le cours normal de la vie. Est-ce que tu comprends ?

Kev hocha la tête. Il fixait un point à l'horizon et prit dix secondes pour répondre. Enfin, il la regarda de nouveau et très sérieusement lui dit :

— Je n'étais pas au courant et je comprends ton point de vue. Tu as suffisamment vu dans ta carrière les dégâts que peuvent causer chez un enfant l'abandon de la mère pour vouloir éviter à ton fils de se sentir rejeté.

— Je ne cherche pas à excuser mon comportement en usant de psychologie de base, répondit-elle un peu sur les nerfs. Je dois retrouver un comportement normal auprès de mon fils et pour l'instant, je ne peux pas le laisser hors de ma vie.

— Ce n'est pas la peine de t'énerver, je t'ai dit que je comprenais. Si ton refus d'être avec moi ce soir concerne le fait que tu dois t'occuper de ton enfant, je l'accepte totalement. Jamie !

Il lui posa la main sur ses cheveux et de nouveau la força à le regarder en lui tenant le menton :

— Tout ce que j'essaie de te dire c'est que j'ai envie d'être avec toi. Je peux très bien attendre. Et puis je crois savoir, d'après mes souvenirs et le simple bon sens, que les enfants, passée une certaine heure, s'endorment toujours très vite.

Il lui dit cela avec un air si charmeur et un sourire toujours aussi enjôleur qu'elle ne put s'empêcher de lancer un petit rire. Puis elle recula vivement car la porte venait de s'ouvrir sur Quins.

— Et bien, lança ce dernier en pénétrant dans la pièce et en levant son chapeau, on peut dire que tu prends un malin plaisir à me faire perdre patience. Je ne suis pas un psychologue agréé pour calmer les témoins que tu accuses de meurtre sans preuve! Je l'ai gentiment raccompagné à la porte. Il ne quittera pas le territoire. Il ne manquerait plus qu'il nous mette un avocat aux fesses. Mais c'est la dernière fois que je joue le rôle du gentil flic. Je crois que ça me gonfle.

Kev lui tapa sur l'épaule en disant que ce rôle là pourtant lui allait à merveille et qu'un jour ou l'autre il l'obtiendrait, son Oscar ! Quins leva les yeux au ciel puis s'avança jusqu'à Jamie pour lui serrer la main. Tout en montrant Kev du doigt et en reposant son chapeau sur la tête, il dit à la jeune femme :

— Cet hurluberlu est une vraie tête de mule. A quoi ça sert d'interroger des témoins quand monsieurjesaistout sait déjà qui est le coupable !

— Comment ça ? demanda Jamie curieuse.

— Il fait une fixation sur Geoffrey Brichard, ça en devient même inquiétant, répondit-il.

— Brichard ? demanda Jamie en se tournant vers Kev. Encore ?

— Mais les bières dans tout ça, qui s'en soucie ? répondit-il.

Jamie croisa le regard de Quins qui lui fit signe d'avaler au goulot une bouteille. Kev reprit un peu plus sèchement en les voyant sourire :

— Est-ce que quelqu'un a pensé à vérifier que les bières se trouvaient bien à l'arrière de sa voiture ?

— Le vendeur est formel Kev. Il a vu Brichard, il a parlé avec lui et il lui a vendu des bières.

— Très bien, je ne nie pas ce fait. Mais alors la question est : que sont-elles devenues ? Je vous signale qu'il a dit dans sa déposition qu'il les avait mises sur la banquette arrière puis qu'il s'était installé à l'avant pour démarrer mais qu'il en avait été empêché. Il est donc sorti de sa putain de voiture, a découvert le cadavre de la fille, a fait sa petite crise et a appelé les flics.

— Ben ouais, c'est la chronologie annoncée, répondit calmement Quins.

— La police est arrivée sur les lieux, continua Kev sur sa lancée en pointant son doigt sur son ami, et ensuite lui est parti avec l'ambulance et la voiture est restée pour vérification. Il n'y avait pas de bières dans la voiture.

— Il les a peut-être bues pour se donner contenance, il a du avoir une sacrée trouille. Bon sang, t'as vu dans quel état il était!

— J'en reviens toujours à la même question : où sont les bières? Car l'analyse des lieux a été faite et aucune bouteille n'a été découverte. Même vides. Et oui Quins, même dans les poubelles avoisinantes. Quelques canettes oui mais pas de *bouteilles*.

— Alors quoi ? demanda Quins

— Mais enfin ça tombe sous le sens. S'il nous a menti concernant ce petit truc de rien du tout, sur quoi d'autres aurait-il pu nous mentir.

— Qu'a t-il répondu à ça ? demanda Jamie intéressée.

— Il a dit qu'il ne se souvenait plus de rien. Le choc ! Et son psy qui ne le lâchait pas d'une semelle à l'hosto et qui m'a fait tout un laïus sur « Ne dérangez pas mon patient, vous voyez qu'il est à bout». Ça tu vois Quins, ça ça *gonfle*! Tant que je n'aurai pas la réponse à cette question, Brichard restera mon suspect numéro un.

— Trop brouillon pour commettre de tels actes aussi parfaits, lança lentement Jamie.

— Tu m'as dit que le meurtrier était sans doute une personne qui avait déjà été interrogée par la police.

Mais le regard qu'elle lança à Quins fut interprété par Kev comme une désapprobation.

— Bon, reprit-il, de toute façon, je vois que cela ne vous perturbe pas plus que ça. Je dois y aller.

Il lança un petit sourire à Jamie en lui disant « Appelle moi !» et serra la main de Quins. Dans la seconde qui suivit, il était déjà parti. Quins se tourna vers Jamie et lui dit :

— C'est un type bien. Il veut bien faire. Ce qu'il dit n'est pas inintéressant. Mais je ne sais pas pourquoi je n'arrive pas à imaginer ce Brichard dans la peau d'un tueur. Quoiqu'il en soit, il n'a sans doute pas tort de creuser un peu la piste.

— Cette histoire semble lui tenir très à cœur.

— Il est fait pour ce métier. Il a la rage. Il a toujours voulu arrêter les criminels. Depuis que je le connais. Et ça va faire plus de vingt cinq ans.

— Tant que ça ? s'étonna t-elle.

— Il avait six ans à l'époque. Oui, ça fait tant que ça. Vous savez, reprit-il sur le ton de la confidence, quand son petit frère a été kidnappé et tué par un tueur en série, il n'a plus eu qu'une idée en tête. Retrouver ce salaud. Je l'ai revu souvent depuis ce jour là. Il m'avait déjà impressionné par sa volonté de devenir policier. Une façon de venger ce qui était arrivé à son frère. Je me souviens que lors de ma dernière visite chez sa mère, il avait les yeux rouges d'avoir tant pleuré et il m'a dit qu'il s'en voulait de n'avoir pas su protéger son petit frère. Je lui ai dit que cette protection n'appartenait pas à un enfant aussi jeune. Mais à sa mère. Il m'a répondu qu'il devait la protéger elle aussi. Et qu'il essaierait de mieux faire. Ça m'a chamboulé. Tant de souffrance et en même temps tant de force dans la voix de ce petit garçon.

Enfin bref... il a grandi à présent. C'est vraiment quelqu'un de bien.

— Mais je croyais qu'il avait été adopté, lança Jamie en espérant que Quins poursuive ses déclarations.

— Non non... il a vécu auprès d'une famille aimante qui le considérait comme leur propre enfant. Mais... non il n'a pas été adopté. Vous savez...

Quins se dandina un peu sur ses pieds avant de lui lancer, presque intimidé.

— Il m'a parlé de vous. C'est la première fois que je l'entends me parler d'une femme avec autant de chaleur. Vous l'impressionnez et je crois même que... vous lui plaisez beaucoup. Mais naturellement, ça reste entre nous.

Il lui fit un petit geste de la main et s'apprêtait à quitter la pièce quand Jamie l'arrêta par ces mots :

— Attendez, commissaire, j'aimerais vous poser une question. Qui restera aussi entre nous si vous n'y voyez pas d'inconvénient.

Quins, une fois retourné vers elle, lui répondit d'un sourire chaleureux et amical. Elle en profita pour lui demander un petit peu gênée tout de même :

— Vous le connaissez depuis longtemps alors dites moi est ce que... est ce que vous pensez qu'il serait capable de... tuer quelqu'un ?

Les sourcils de Quins se levèrent lentement et ses yeux se plissèrent quand il lui répondit :

— Oui. Bien sûr qu'il en serait capable. Lorsqu'il a arrêté ce connard de tueur à la lame, il s'est jeté littéralement dessus. Il l'aurait esquinté si on ne l'avait pas retenu. Pour Kev la justice doit servir aux innocents et non aux criminels. Dans notre société les droits de l'homme profitent plus aux bourreaux qu'aux victimes. S'il attrape le tueur en série que nous recherchons, surtout s'il le prend sur le fait accompli en train de massacrer une jeune femme, il est capable de l'achever à coups de poings. Cela vous choque ?

— Non je... je ne le connais pas encore tout à fait bien et j'avais senti cette violence en lui. Et puis, toujours entre nous, je suis au courant de la trace de chaussure découverte sur les lieux du premier crime et...

Jamie se sentait de plus en plus mal à l'aise devant le regard perçant du commissaire qui n'en croyait tout bonnement pas ses oreilles. Mais elle poursuivit tout de même :

— .... et il porte des chaussures italiennes...

D'un bond, Quins se rapprocha d'elle. Il fixa son regard noir sur elle tout en lui articulant lentement et méchamment ce qui allait clore l'entretien.

— Kev est plus qu'un ami. Il me fait ses confidences. Sur vous il m'en a faite. Des éloges à ne plus jamais s'arrêter. C'était la première fois que je l'entendais parler avec *respect* d'une femme. Et vous, de votre côté, vous n'attendez qu'une occasion de merde pour le discréditer ?

Il se recula brutalement, très en colère.

— Je n'arrive pas à y croire. Pour une fois qu'il me faisait des confidences sur son attirance pour une femme il faut que ce soit une femme telle que vous !

Il pointa son doigt vers elle et poursuivit aussi sèchement:

— Il y a dix ans de cela, on a découvert une trace de Nike pointure 45 sur les lieux d'un crime. J'ai toujours porté des Nike pointure 45 et jamais on ne s'est demandé si jamais par hasard ce n'était pas l'une de mes traces ! Vous avez une de ces audaces!

Il rajusta son chapeau de cow-boy et avant de claquer la porte il lui lança :

— Oui *audace* ! Pour rester poli ! Car ce serait plutôt *vous me trouez le cul* qui serait la meilleure expression !

10

— Tu réalises ce que tu me demandes ?

Kev se tenait assis derrière l'imposant bureau en bois massif de son meilleur ami, le procureur adjoint Patrick Coniears. Il était grand et brun, âgé de trente sept ans. Il avait connu Kev il y avait neuf ans lors d'une enquête criminelle et les atomes crochus des deux hommes leur avaient permis de se fréquenter en dehors des heures du bureau et de se retrouver pour des sorties nocturnes bien arrosées. Patrick était sur le point de se marier et les sorties se faisaient plus rare. Cependant, ils se voyaient toujours. Surtout pour déjeuner et parler d'autres choses que de leurs boulots. Une façon de s'oxygéner le cœur en riant de tout et de rien. Il possédait la même élégance que Kev. Il leur arrivait souvent de se chambrer lorsque l'un des deux arborait fièrement une nouvelle acquisition vestimentaire. Mais Patrick avait beau faire, Kev était beaucoup plus charmeur que lui. Sa beauté virile le faisait passer pour un mannequin pour un grand nombre de femmes qu'ils avaient côtoyé tous les deux. Heureusement que sa future épouse n'était pas une petite sans cervelle sinon rien n'aurait pu empêcher qu'elle tombe sous le charme de Kev. Ce dernier croisa ses jambes et s'appuya plus fortement sur le superbe fauteuil en cuir et lui répondit :

— Personne n'a l'air de trouver ce fait troublant.

— Tandis que toi, oui.

— Naturellement. Avoue que c'est bizarre.

Patrick prit la même position que son ami. Il croisa les jambes et appuya son dos contre le dossier. Puis, il croisa ses doigts sur son menton en signe de profonde réflexion et lui répondit d'une voix calme et professionnelle :

— Je vais donc soumettre une requête formelle au tribunal et présenter ce que tu viens de me dire comme une preuve flagrante de quelque chose de louche.

— Pas flagrante, je te l'accorde mais tout de même !

— Tu vois, tu le dis toi même.

Il avança son ventre sur le bureau et poursuivit :

— Ce n'est pas suffisant Kev au regard de la loi pour appuyer l'action que tu me demandes. Le juge trouvera la preuve présentée comme insuffisante pour établir la cause probable. Tu n'obtiendras pas l'ordonnance ni aucun mandat. Et tu sais très bien pourquoi.

— Parce que la Constitution requiert qu'aucun mandat ne soit émis jusqu'à ce qu'il ait été déterminé qu'il existe des preuves suffisantes pour appuyer la cause probable.

— Tu connais tes classiques. Alors franchement, je ne peux que te conseiller de poursuivre ton enquête.

— Elle serait plus facile si j'avais un mandat.

— Veux-tu que, au risque de perdre toute crédibilité auprès de mon ordre, je décide, au vu des éléments de preuves, qu'ils doivent être présentés devant un jury d'accusation et que ce jury devrait poursuivre l'enquête dans cette affaire ?

— Laisse tomber ! lâcha Kev tout en se levant et en arpentant le bureau les mains dans les poches.

— Parce que si tu es convaincu que cette preuve est une cause probable, je vais la présenter au jury d'accusation même si je vais me rendre ridicule. Surtout si je demande qu'on vote une proposition d'inculpation.

— Laisse tomber ! répéta Kev déçu.

— Tu sais comme moi qu'à ce stade de l'enquête mon bureau n'introduira aucune action en justice ni demandera au jury d'accusation d'inculper ton bonhomme car nous savons pertinemment que s'il y avait procès, il n'y aurait aucune preuve additionnelle suffisante pour l'inculper. Dans cette situation, je ne peux pas obtenir un mandat d'arrêt. Car un pack de bières manquant n'est pas une preuve bon sang !

— Je n'arrive pas à concevoir que ce fait ne dérange personne. Il a menti.

— Ecoute Kev, poursuis ton enquête. Nous sommes amis et tu sais que tu peux compter sur moi. Mais ce que tu me demandes là c'est de me suicider politiquement et professionnellement devant mes supérieurs. Parce que si je commence à lancer des poursuites et même si par magie j'arrive à obtenir l'inculpation, alors ces mesures vont être prises comme un abus de pouvoir discrétionnaire. Et alors là, je te dis pas la honte, termina t-il en badinant.

Kev alla s'asseoir de nouveau devant son ami et lui demanda comment il allait. Patrick lui répondit qu'il était temps qu'il s'en soucie.

— On pourrait aller déjeuner ensemble la semaine prochaine si tu es libre, demanda Patrick. Tu es libre ? insista t-il.

— Je ne sais pas trop en fait. J'ai l'impression de vivre comme un soldat en perpétuel garde à vous qui attend que le gong se déclenche pour bouger.

— Tu as toujours été obscur en maniant les métaphores, se moqua Patrick. Et si tu me traduisais ça en langage humain ?

— J'ai rencontré quelqu'un.

La brutalité de la réponse fit presque clouer sur place Patrick. Il lui fallut une minute entière pour se reprendre et lui poser la question qui lui brûlait maintenant les lèvres.

— Une femme ? Je n'arrive pas à y croire. Si je me souviens bien, à chaque fois que j'amenais la discussion avec le talent que tu me connais pour tenter de te faire parler un peu de toi, tu me répondais, invariablement, que les femmes n'étaient que des *salopes* à tes yeux.

— Tu exagères. Tu te sers de ce que je t'ai sorti un soir que j'avais trop bu et que j'en avais marre des filles de passage. C'est pas juste de me ressortir ce manque de respect évident envers toutes les femmes. Car il y en a dans le lot qui n'en sont pas.

— Tu es si prévenant et ta galanterie auprès de la gent féminine atteint indéniablement les plus hauts sommets, se moqua t-il de nouveau. Qu'a t-elle de plus que les autres alors ?

Kev réfléchit un instant puis lui répondit lentement :

— Tout.

11

Jamie était retournée précipitamment chez son père. Sa décision de reconstruire sa vie familiale avec son fils avait été le déclencheur. Elle ne voulait plus s'occuper de l'affaire de meurtres et avait pris la seule décision qui s'imposait : prendre des vacances. Être disponible pour son fils vingt quatre heures sur vingt quatre. Le soir, après avoir mis Bobby au lit, elle s'était allongée sur le sofa. Durant toute la journée elle n'avait plus pensé à Kev. Elle hésita juste un instant : allait-elle lui passer un coup de fil pour voir comment sa journée s'était déroulée ? Elle secoua la tête vivement. Il ne fallait pas non plus qu'elle le harcèle de questions. Après tout, elle lui avait expliqué le matin même qu'elle voulait avoir une soirée tranquille avec son fils. Et il avait compris. En tous les cas il le lui avait dit. Elle s'en voulait maintenant d'avoir pu songer qu'il pouvait se montrer d'une cruauté sans bornes. Un amant aussi tendre et passionné, un homme aussi charmant, intelligent et qui ne lui mettait pas la pression ne pouvait en aucun cas être un tueur en série. Était-elle idiote ? Etait-ce le seul moyen pour elle de s'enfuir d'une relation qui lui demandait trop d'efforts personnels ? Puis elle se ravisa. Mais quels efforts finalement ? Aucun homme ne l'avait comblée depuis ces trois dernières années. Aucun homme n'avait réussi le prodige de lui faire oublier son défunt mari. Elle comprit soudainement que Kev avait réussi lui, en une seule nuit, à lui faire espérer que la vie devait continuer. Elle s'en voulait de ne pas avoir réussi à canaliser sa tentation pour finalement se jeter sur lui. Qu'aurait-elle du faire? Jouer à la jouvencelle moyenâgeuse qui allait s'évanouir devant la force de son désir et que Kev allait sauver à grands coups de sels ? Non, elle ne regrettait rien. En fait, c'était plutôt la crainte qu'il la prenne pour une fille d'un soir qui aurait pu la déranger. Mais à l'évidence, ce n'était pas le cas. Il lui avait dit qu'il voulait poursuivre leur relation. Elle lui plaisait. Il lui plaisait aussi. Il fallait vraiment qu'elle cesse ces investigations sur les meurtriers en série. Son cerveau avait du être complètement chamboulé à force de voir des cadavres et d'essayer d'entrer dans la peau d'un tueur, de vivre ses fantasmes, d'essayer même de les comprendre pour finalement se faire une idée exacte du monstre et l'appréhender. Elle devait être bien atteinte pour voir des criminels partout. Elle respira un bon coup. Elle appellerait Kev demain. Elle allait être franche avec lui. Lui parler de ses doutes concernant l'identification de ses semelles. Elle espérait qu'il allait rire de ses soupçons passés et qu'il ne lui en tiendrait pas rigueur. Ensuite peut-être que tout pourrait réellement commencer.

12

Le lendemain matin, Jamie se réveilla de très bonne humeur. La nuit avait porté ses fruits. Elle savait ce qu'elle voulait et n'hésitait plus sur la conduite à tenir. Elle s'amusa avec son fils tandis qu'elle l'emmenait à l'école. Durant un quart d'heure ils éclatèrent de rire, Bobby se moquant de toutes les voitures qui passaient et Jamie s'esclaffant au son de la voix juvénile qui lui chatouillait les oreilles. Le rire d'un enfant lui apportait toujours du baume au cœur. Elle le laissa ensuite devant la maternelle en lui demandant d'être sage. Il hocha la tête sérieusement. Elle poursuivit en souriant qu'elle viendrait le chercher à la sortie et qu'ils allaient prendre un super goûter tous les deux. Pourquoi pas une gaufre au Nutella parsemée de cacahuètes pilées. Bobby lui sauta au cou. Elle rajusta son tablier, lui donna un coup de peigne sur sa chevelure marron légèrement ébouriffée puis le regarda s'éloigner. Elle avait la matinée pour elle. Et même tout l'après-midi. Bobby mangeait à la cantine. Elle décida d'aller faire des courses pour remplir un peu son frigo. Lorsqu'elle sortit du centre commercial il n'était pas encore dix heures du matin. Elle décida d'aller voir un peu sur l'avenue si elle n'y trouverait pas une jolie veste en cuir. Celle qu'elle adorait avait fini par rendre l'âme. Il fallait maintenant s'en procurer une autre, en tous points semblables. Ce qui n'allait pas être une mince affaire. Mais elle se dit que cela l'occuperait jusqu'à midi. Elle se fit un chignon à la hâte et emprunta le passage clouté. Une fois arrivée sur le trottoir d'en face, juste devant une boutique de vêtements, elle eut la surprise de croiser un homme qu'elle avait déjà vu. Sa tenue était pour le moins débraillée, un jean délavé et troué sur des baskets miteuses. Une longue veste bleue qui lui descendait jusqu'aux genoux. Mais ce fut sa coupe de cheveux et son regard mobile qui lui permirent de le reconnaître rapidement. Geoffrey Brichard avançait vers elle.

Ses yeux bougeaient dans tous les sens. Il semblait désorienté, comme s'il se demandait ce qu'il pouvait bien faire là. Il n'était pas sale mais tout de même, elle se demanda s'il s'était douché récemment. Ou si c'était juste sa tenue négligée qui lui donnait l'air d'un parfait épouvantail. Lorsqu'il croisa son regard, Brichard fut saisi de panique. Jamie fronça les sourcils se demandant quelle attitude adopter. Certainement passer devant lui sans lui prêter la moindre attention. Mais ce fut sans compter sur la facilité avec laquelle il vint se planter devant elle. Nerveux et peut-être même inquiet. Ce fut pourtant d'une voix polie qu'il lui dit bonjour. Il lui souriait. A l'évidence, il était heureux de l'avoir rencontrée. Que faire ? S'échapper et pénétrer dans le premier magasin pour y dénicher n'importe quelle veste ? Mais elle se contenta de lui répondre gentiment aussi :

— Nous nous sommes déjà rencontrés.

— Oui en effet, lui répondit-il. Dans d'étranges circonstances, nous devons bien l'admettre tous les deux.

Elle ne s'était pas attendue à une phrase aussi correcte. Sans doute pensait-elle qu'il allait bégayer. Son attitude aussi avait changé. Il paraissait calme. Mais dans la seconde qui suivit il respira fortement en plongeant la tête en arrière. Ce fut d'une voix de nouveau mal assurée qu'il s'exprima :

— Je regrette... je... j'ai du mal à m'exprimer. J'essaie pourtant. Le docteur a dit que... et bien... j'avais fait... de grand progrès.

Jamie lui sourit, elle même mal à l'aise maintenant et lui fit comprendre que cette petite rencontre allait se terminer très rapidement. Elle lui dit donc qu'elle lui souhaitait une bonne journée et qu'elle allait devoir le quitter car elle devait faire des courses. Ceci dit, elle lui fit un petit signe de la tête et était sur le point de le dépasser en faisant un pas en avant quand il la retint par ces mots :

— Je ne veux pas vous... enfin... déranger. Mais si vous aviez un moment... j'aimerais... oui... parler. Vous me semblez si.... gentille. J'ai bien vu que vous ne m'aviez pas une seconde cru cou... cou... coupable.

Jamie avait toujours eu du mal avec ceux qui bégayaient. Brichard non seulement commençait à pratiquer ce handicap mais il parlait d'une voix atone, hachée et ses mots mettaient tellement longtemps à venir qu'elle craignait de le frapper pour qu'il accélère son débit. Mais la professionnelle prit le dessus sur son énervement et elle lui répondit simplement que personne ne l'avait cru coupable.

— Oh non... le policier qui vous... accompagnait... je ne l'aime pas.

— Je vous assure que c'est quelqu'un de bien. Vous comprenez qu'il ne fait que son travail.

— Mais il me harcèle. Enfin, il harcèle mon docteur ! Il veut à tout... tout... prix avoir des... ren...ren... renseignements sur... moi.

Soudain, Jamie se demanda si cette rencontre fortuite ne pouvait pas être utile à l'enquête. En une seconde, elle rejeta toute ses idées premières concernant son abandon devant une affaire qui ne la concernait plus. Tout au contraire de ce qu'elle s'était avoué, elle avait envie de continuer. Brichard semblait désireux de parler. Peut-être qu'elle arriverait à trouver la solution au problème qui hantait Kev. *Que sont devenues les bières ?* Brichard avait l'air d'avoir confiance en elle. Elle pourrait en profiter. Elle ne s'avoua pas que si elle arrivait vraiment à répondre à cette question, ce serait pour que Kev la trouve de nouveau épatante. C'était peut-être puéril. De toute façon sa veste en cuir n'allait pas s'échapper de son cintre dans un quelconque magasin. Elle aurait le temps de reprendre ses courses. Brichard par contre ne se trouverait peut-être plus jamais en de si bonnes dispositions. Mieux valait en profiter. L'étudier aussi serait excellent pour clouer le bec à Kev. Car Jamie était persuadée que Brichard était juste un homme dérangé psychologiquement mais sans être dangereux. Elle prit donc sa voix de professionnelle mielleuse pour lui parler :

— Votre docteur nous a laissés entendre que vous réussissez maintenant à discuter avec les gens. Et c'est vrai, vous venez de m'aborder avec beaucoup de naturel. Vous faites des progrès, c'est bien.

Brichard sembla ravi du compliment. Il lui sourit plus largement.

— J'ai cinq minutes devant moi, reprit-elle, si vous voulez, nous pouvons nous attabler devant cette terrasse et commander quelque chose à boire. Si vous voulez toujours me parler bien sûr.

Brichard hocha la tête de contentement. Ses cheveux bougèrent dans tous les sens. Jamie alors s'avança vers une table libre et Brichard en fit autant. Le serveur s'approcha aussitôt et Jamie, d'un ton très naturel, commanda une bière. Brichard, avec beaucoup d'effort car il choisissait ses mots pour ne pas bégayer, commanda une grenadine. Lorsque le serveur partit prendre la commande, Brichard, qui semblait plus à l'aise après avoir parlé sans chuter sur un seul mot, dit à Jamie :

— J'adore la grenadine.

— Mais vous aimez aussi la bière.

— Oh non, je n'en bois pas.

— Mais si voyons, vous êtes allé en acheter le soir où nous nous sommes rencontrés.

Cette phrase suffit à Brichard pour le faire sombrer dans une crise d'angoisse. Ses yeux allaient se révulser mais Jamie le toucha sur le bras. Il se dégagea violemment et la fixa de ses yeux redevenus normaux en lui déclarant lentement :

— Je... je n'aime pas que l'on me touche. Je suis désolé. Je n'ai pas encore réussi à me sortir de ça.

— Pardon. Je vous ai parlé d'un sujet qui à l'évidence ne vous plaisait pas.

Brichard réfléchit quelques secondes. Durant ce temps, le serveur arriva avec les consommations. Puis, une fois celui-ci retourné à ses occupations, il lui répondit :

— Mon psy m'a dit que je dois aff... affro... affronter mes problèmes, finit-il en haussant légèrement le ton. C'est en faisant face à la réalité que je vais pouvoir guérir. Alors, cela ne me dérange pas si nous parlons de ce qui est arrivé. Je vous aime bien, vous. Car vous êtes gentille.

Jamie vit Brichard changer d'attitude. Elle avait réussi à le mettre à l'aise et il était en confiance totale. Même sa voix semblait plus assurée.

— Alors, vous êtes allé acheter des bières ce soir là, commença t-elle en effleurant de ses lèvres la mousse acide de la pression.

— Ai-je acheté des bières ? lui demanda t-il curieux et quelque peu interloqué.

— Oui, le vendeur vous a vu, vous les lui avez achetées. C'est grâce au vendeur et au fait qu'il se souvienne de vous que vous n'êtes pas considéré comme suspect.

— Ah bon ? s'étonna t-il. Et bien tant mieux. Alors j'en ai acheté.

— Vous vous rappelez ce que vous avez fait une fois revenu à votre voiture ? Vous avez dit que vous aviez déposé un pack de six bières à l'arrière de votre véhicule mais en fait, il n'y avait rien.

Jamie était en train de mettre en pratique ses propres connaissances sur les menteurs. Elle avait appris depuis longtemps que pour réussir à détecter un mensonge, il fallait juste poser des questions directes et analyser le comportement de la personne ainsi interrogée. Brichard ne semblait plus très à l'aise maintenant. Il posa plusieurs fois en quelques secondes la main sur sa bouche comme s'il voulait la cacher puis se mit à gratter sa tête. Jamie sentit durant quelques instants qu'il essayait sans doute de dissimuler quelque chose, une vérité qu'il n'était pas prêt à dire ou à assumer. Elle croisa alors son regard. Elle fut surprise en le voyant regarder sur la droite. Elle s'était attendue à une toute autre direction. Le côté gauche, pour l'analyse comportementale, donnait lieu à la quête de l'imaginaire. La mémoire au contraire impliquait toujours un mouvement vers la droite. Même si les gestes involontaires de cet homme pouvaient laisser entendre qu'il tentait de cacher la vérité, ses narines n'avaient pas tremblé une seule fois. Elle était assez fière de sa capacité de jugement devant une personne qui essaierait de la manipuler ou la déstabiliser. Elle dut se rendre à l'évidence que Brichard, en ce moment même, essayait juste de se *rappeler*. Finalement, il finit par lui dire :

— Oui, il y avait le match à la télé. Je venais juste de parler à mon psy qui m'avait conseillé de sortir un petit moment pour aller m'acheter quelques friandises, des popcorns ou des bières pour que je reste tranquille ensuite devant la télé et que je profite du match comme n'importe quel américain normal. Mais... il est vrai que normal, je ne le suis pas.

— Ne dites pas ça, le reprit-elle. Vous êtes en soins. Et puis qui peut se targuer d'être vraiment *normal* ?

Il but une gorgée de grenadine et s'essuya la bouche du revers de sa manche.

— J'ai du boire ces bières en attendant l'arrivée de la police. Ou alors je les ai posées quelque part et quelqu'un se sera servi. Il m'arrive parfois d'oublier des minutes entières de ma vie. Comme si je perdais la mémoire durant de longs instants. Le psy dit que les médocs peuvent avoir des effets secondaires. Je ne sais tout bonnement pas ce que j'ai fait de ces bières. J'étais pourtant persuadé de les avoir rangées.

Il se leva.

— Je sais bien que je ne suis pas le seul à avoir eu des problèmes familiaux durant son enfance, mais d'autres s'en sortent mieux que moi, lui dit-il d'une voix triste et quelque peu gênée.

— D'autres sont pires je vous assure. N'oubliez pas que vous parlez à un flic. Je sais de quoi je parle.

Il répondit à son sourire et en se rasseyant lourdement poursuivit :

— Ma mère, je l'ai très peu connue. Elle m'a abandonné. Sans doute étais-je un poids trop lourd à porter. J'étais encore un petit garçon mais je me souviens d'elle. Elle ne m'a jamais embrassé. C'étaient des réprimandes à chaque fois. Vous savez on dit que l'on se rappelle de son enfance à partir de sept ans mais croyez moi, j'avais cinq ans quand elle m'a abandonné et je me souviens de ce jour. J'avais un ami. Un ami... *imaginaire*. Je lui parlais et il me répondait. C'était un enfant comme moi. Un tout petit peu plus âgé. C'est sans doute ça qui l'a fait flipper, ma mère. Me voir parler à quelqu'un qui n'existait pas, oh oui ça a du la faire flipper.

— Ne culpabilisez pas sur un sujet important. Bon nombre d'enfants ont des amis imaginaires. C'est tout à fait normal je vous assure.

— Vraiment ? Pourtant mon docteur a essayé de comprendre pourquoi à mon âge je pensais encore à ce garçon imaginaire.

— Votre psy essaie de vous aider.

— Non pas lui. Mon autre docteur. Juste avant que celui-ci ne prenne la relève. Je crois, d'après ce que j'ai compris, qu'avoir un ami imaginaire une fois devenu adulte, ça craint.

Il lança un rire sans joie, se servit encore une rasade de grenadine et continua :

— En fait, j'ai passé toute mon existence à être abandonné. Et votre copain le flic lui, il me harcèle. Lui il veut pas m'abandonner. Et pourtant, je ne lui en suis pas reconnaissant. Je le déteste lui aussi. Oui je le déteste. Il doit arrêter de m'épier.

Il se leva précipitamment et sembla chercher dans sa poche quelques monnaies. Il n'en sortit qu'une pièce de dix cents. Jamie lui dit que c'était elle qui l'invitait. Il ne la remercia même pas. Il semblait plongé dans une rêverie qui le rendait mélancolique et un tantinet nerveux. Mais il eut la force de lui répondre :

— Mais vous je vous trouve très bien. Je sais que vous ne m'abandonnerez pas.

Il la scruta d'une façon intense. Jamie lui demanda alors lentement tout en le fixant aussi :

— Comment s'appelait votre ancien docteur?

— Je ne sais plus. Mais je ne veux plus parler de lui. Je ne veux plus parler de ceux qui m'ont abandonné. Je crois que mon psy se trompe finalement. C'est en voulant me rappeler que je suis *mal*. Mieux vaut oublier. Oui mieux surtout le pain sur la confiture... de la... fenêtre... et aussi...

Il attrapa une gélule qu'il sortit de la poche de sa veste et la posa dans sa bouche. Puis, lentement, il partit. Jamie fronça les sourcils tout en le regardant marcher d'un pas mal assuré

13

Elle se leva rapidement et fonça jusqu'à sa voiture. Elle tenta d'appeler Kev mais elle tomba sur le répondeur. Un peu dépitée, elle raccrocha. Elle appela ensuite la secrétaire du FBI en lui demandant de chercher dans les archives médicales un certain Geoffrey Brichard pour voir s'il n'avait pas été interné dernièrement. Cinq minutes après, tandis qu'elle attendait toujours dans sa voiture, la secrétaire la rappela en lui disant que l'homme en question avait été hospitalisé pour une tentative de suicide à l'hôpital du centre et que son docteur de l'époque se nommait Verdyien. Elle lui donna ses coordonnées. Muni de ces précieux renseignements, elle appela le docteur en question qui se révéla être psychiatre. Il était bientôt midi et elle eut de la chance quand il décrocha lui même. Elle se présenta et lui demanda s'il pouvait la recevoir avant treize heures dans ses locaux si c'était possible car elle désirait s'entretenir avec lui d'une chose qui lui tenait à cœur. Elle n'eut pas besoin d'argumentaires longs et ennuyeux pour l'obliger à la recevoir car le psychiatre Verdyien fut très honoré de l'avoir au bout du fil. Il lui dit qu'il était au courant de ses activités et qu'il serait heureux en tant que professionnel de rencontrer une professionnelle aussi épatante. Elle mit près de trois quart d'heure pour se rendre à son cabinet. Il la reçut avec beaucoup de gentillesse, en lui parlant de sa dernière activité en Afrique du sud qu'il avait suivie avec intérêt. Après quelques minutes de bavardages sur le tueur en série qu'elle avait réussi à appréhender grâce à un portrait psychologique exact, il la conduisit dans son bureau, lui proposa une tasse de café qu'elle refusa prétextant le fait qu'elle n'avait pas encore mangé. Il ouvrit son petit réfrigérateur dans lequel il trouva deux sandwichs à la dinde et plusieurs canettes de jus d'orange.

— C'est mon petit coffre fort. Je ne sais jamais si j'aurais le temps d'aller manger entre midi et deux et ma secrétaire est parfaite. Invariablement, elle me dépose deux sandwichs. Un pour midi et éventuellement un pour le soir car il m'arrive aussi de ne pas quitter mon cabinet avant vingt deux heures.

Il lui tendit un sandwich et un jus d'orange en lui disant qu'ils étaient fameux. Elle lui sourit et ils commencèrent à avaler leur première bouchée en même temps.

— Alors, lui dit-il après avoir avalé un délicieux morceau de dinde, que me vaut le grand honneur de votre visite madame Cartwight ?

— Je suis actuellement sur un projet de tueur en série.

Il lui sourit en hochant la tête et en avalant une autre tranche de pain de mie.

— Je ne tiens pas à parler avec vous d'un patient que vous avez eu l'année dernière car je suis comme vous, désireuse de protéger le secret médical. Toutefois, j'ai fait la connaissance de Geoffrey Brichard dans des circonstances étranges et brutales. Il a été témoin d'un meurtre. En fait, le cadavre de la première victime a été attachée au pare choc de sa voiture.

Verdyen manqua de s'étouffer devant cette annonce. Il toussa, se racla la gorge et répondit:

— Il était sorti faire un tour ?

— Oui. Il était allé acheter des bières.

— Je crois me souvenir qu'il n'aimait pas l'alcool. Il préférait la grenadine. Sûrement un souvenir lointain de son enfance.

Il posa son sandwich et considéra longuement Jamie en fronçant les sourcils.

— Je vous connais suffisamment, par vos excellents écrits et votre parfaite maîtrise de la psychologie humaine. Je ne peux toutefois pas parler de l'un de mes patients même s'il ne l'est plus actuellement.

Il reprit son sandwich et sa position décontractée sur le fauteuil pour poursuivre :

— Mais nous pouvons parler terminologies et je pourrais vous donner mon avis sur mes expériences professionnelles sans nommer mes patients, cela va sans dire. Par quoi voulez-vous commencer ?

— Je ne suis pas une spécialiste des enfants même si les tueurs que j'ai étudiés avaient tous un point de départ dans la vie désastreux au niveau familial. Je veux dire que... je n'ai pas de véritable notion sur les amis imaginaires.

— L'ami imaginaire est fréquent à partir de trois ans jusqu'à six ans. Même au delà ce n'est pas un problème lié à un mode psychologique juvénile défaillant. Disons que cet ami imaginaire sert à accepter la réalité. Voyez-vous, nous avons basé nos études sur deux paramètres qui peuvent créer cette envie d'avoir un ami imaginaire. En séance de psychothérapie, j'ai constaté que de nombreux enfants en avaient un.

— On pourrait vous signaler que les enfants qui consultent un psychiatre ne vont déjà pas très bien.

— Ce serait une erreur de penser cela car ce n'est pas tout à fait vrai. La majorité des enfants qui viennent en consultation n'ont aucun trouble psychologique. C'est un passage dans leur vie où ils ont juste besoin d'une aide pour surmonter une difficulté passagère.

— Pourquoi ce besoin de se créer un ami imaginaire ?

— Il y a deux paramètres en fait qui sont le point de départ de cette création. Soit l'enfant est timide et introverti, il n'arrive pas à surmonter le fait que ses parents le délaissent un peu et de ce fait il a pour ressource de se créer des relations amicales par le biais d'un copain imaginaire. Ou alors nous avons le cas inverse : des enfants qui subissent une protection excessive de leurs parents, ces derniers étant beaucoup trop protecteurs, beaucoup trop collants. Le seul moyen de se sauver est de s'inventer un ami imaginaire avec lequel il entretiendra des relations, relations que ses parents ne pourront pas surveiller. Ce sera leur jardin secret, comme une vie parallèle. Et puis c'est aussi une façon d'exprimer des pulsions qui ne sont pas tolérées comme l'agressivité. Par exemple on peut très bien voir un enfant gronder violemment son ami imaginaire pour avoir cassé un objet sur le meuble du salon.

— Nier sa propre action et faire porter la réprimande sur un autre que lui.

Il hocha la tête.

— Mais alors, c'est permettre à l'enfant de mentir, dit Jamie.

— A cet âge là, la notion de mensonge n'est pas maîtrisée. C'est plus de l'affabulation. Quand il dit «Ce n'est pas moi mais c'est lui, le copain imaginaire qui a cassé cet objet», il ne cherche pas à mentir sciemment. C'est juste une façon de dire qu'il ne l'a pas fait exprès.

— Et puis, peu à peu, l'enfant se socialise et cet ami disparaît.

— En effet. Mais vous savez, bon nombre d'adolescents et même d'adultes continuent à entretenir une relation amicale avec, non plus un ami imaginaire mais un ami *intérieur*. Pour se sentir moins seul devant un problème qui surgit dans leur vie, ils peuvent ressentir le besoin d'être soutenus. Avoir à l'intérieur d'eux leur propre ange gardien leur permet de rebondir. Cependant, cela commence à poser un problème lorsque certains adultes préfèrent la compagnie de cet ami intérieur à de vrais amis humains. Il faut mettre un terme à cette pratique lorsque cet ami intérieur prend trop de place. Surtout lorsque... comment dire.... certains *patients* entendent des voix intérieures désagréables qui ne sont plus considérées comme l'aidant à surmonter un passage à vide dans leur vie mais comme des éléments nuisibles. Surtout si ces voix sont injurieuses et menaçantes.

— Voulez-vous dire... qu'il y aurait un signe annonciateur de schizophrénie?

— L'un de... mes *patients* a subi, devant moi, une crise majeure délirante pendant laquelle il eut des hallucinations auditives. Quelqu'un lui parlait, à l'intérieur.

— Se sentait-il épié ?

— Constamment observé par ces voix qui ne le laissaient pas se concentrer. Avant ces crises, il devenait subitement distrait. Impossible de suivre une discussion simple. Il lui arrivait même de créer son propre vocabulaire. Naturellement il devenait incompréhensible. Ou alors il s'arrêtait de parler au beau milieu d'une phrase.

— La schizophrénie peut être soignée. Les traitements neuroleptiques sont très efficaces pour atténuer ces délires. Même s'ils impliquent de nombreux effets secondaires.

— Les crises délirantes furent moins nombreuses il est vrai grâce à la prise de médicaments que je lui avais prescrit. Mais lorsqu'elles surgissaient, elles étaient plus intenses.

— C'est à dire ?

— Au début ce n'étaient que des hallucinations auditives. Il entendait le son d'une cloche ou un quelconque bruit qui venait encombrer son cerveau de sa résonance constante. Puis c'est devenu plus acoustico-verbales. Les voix s'adressaient directement à lui. Et le ton était toujours moqueur. Mon patient m'a même avoué qu'il entendait qu'on l'injuriait.

— Ces voix malveillantes et intrusives peuvent le faire sombrer dans la dépression.

— Oui.

— Le suicide aussi a pu être envisagé.

Il hocha de nouveau la tête.

— Mais les neuroleptiques que je lui ai prescrits par la suite, ceux de seconde génération, ont réussi à agir sur les récepteurs de la dopamine et parfois de la sérotomine.

— Naturellement, cela peut engendrer chez lui une perte momentanée ou totale de quelques instants de sa vie.

— En effet, il peut oublier totalement des parties de sa vie.

— Un tel patient, se risqua t-elle à demander en le regardant dans les yeux, serait-il capable de tuer ?

Le docteur prit un long moment avant de répondre. Il enfonça son dos sur le siège et croisa ses doigts en signe de profonde réflexion. Puis, ce fut d'une voix tranquille qu'il répondit :

— L'état de mon ex patient, par exemple, l'empêche de se focaliser sur quelque chose d'aussi simple que la préparation du repas. Ou d'une douche. Il a d'intenses troubles des fonctions exécutives, essentielles à tout comportement dirigé. Il est dans l'incapacité d'organiser ou d'anticiper même les gestes qui pourraient lui permettre une planification dont le but final serait une action simple. Alors, le voir tuer.... Cela me semble douteux.

— Les tueurs en série que j'ai vus n'étaient pas tous schizophrènes. En fait, je n'en ai vu qu'un seul à ce jour. Les autres étaient tous conscients de leurs actes, conscients même au moment de passer à l'acte et conscients du fait que ce qu'ils s'apprêtaient à faire était mal.

— Oui mais bon... un schizophrène paranoïde reste un criminel potentiel.

— Mais tout dépend de la nature des meurtres n'est ce pas?

— Le schizophrène paranoïde peut décider de mettre un terme à ce clivage de son psychisme et avoir le désir violent de le réunifier et sans doute que seul le délire peut l'aider. Je veux dire que seul un homicide peut le soulager. Il aura même tendance à tuer plusieurs fois et très rapidement en pensant que plus il en tuera mieux il se sentira, un peu comme un malade croit qu'en absorbant une plus grande dose de médicaments il guérira plus vite. Il peut avoir pour défense mentale dans l'acte de tuer que sa victime est une tentatrice qui cherche à lui faire du mal. Son univers est purement subjectif car il vit dans un monde fermé. Aucune communication n'est possible.

— Quel pourrait être son état d'esprit pour passer à l'acte ?

— Cela reste assez rare, vous l'avez dit vous même mais bon... si je suis votre idée, je dirais qu'il lui faudrait une motivation bien précise. Par exemple que la personne qu'il doit tuer est malfaisante.

— Ou alors que ces femmes représentent la tentation dont il doit se défaire. Le tueur en série que j'ai arrêté dernièrement en Afrique du sud n'acceptait pas le fait que les femmes continuaient à faire de l'auto stop alors que dix d'entre elles déjà avaient disparu puis avaient été retrouvées mortes après être montées dans une voiture inconnue. Cela l'enrageait que ces femmes se laissent embobiner par le premier homme venu qui s'arrêtait pendant qu'elles faisaient du stop. Il était persuadé que ces femmes le narguaient car elles s'octroyaient le droit d'agir comme elles le voulaient. *Elles se sentaient en sécurité dans une société où lui ne l'était pas.*

— Mon patient, à ma connaissance, n'a jamais entendu des voix lui ordonnant de tuer.

— Il se sent frustré, humilié, incompris et *abandonné*. La haine et la rage peuvent se développer très facilement dans son esprit torturé. D'où l'idée du châtiment. Il peut devenir un tueur en série s'il tue pour se venger.

— Madame Cartwright, vous savez toute l'admiration que j'ai pour vous, vos travaux et vos actes. Mais si je peux vous donner mon humble avis : pour être un tueur en série mon patient doit garder le contrôle de ses actes, il doit les préparer minutieusement. Le meurtrier qui vous occupe actuellement, est-il fou ? Non. Il est méticuleux, prévoyant et organisé. Ce ne sont pas des meurtres commis par une personne impulsive mais bien plutôt des actes préparés de sang froid et avec beaucoup d'organisation. Votre tueur aurait-il des hallucinations verbales lui ordonnant de tuer et l'aidant à mettre en pratique soigneusement ses meurtres ? Non.

— Ou alors il est redoutable. Un redoutable manipulateur.

— Qu'est ce qui vous fait penser cela?

— Brichard m'a dit que vous l'aviez abandonné.

— Vraiment pas. C'est lui qui est venu me voir trois jours après en me disant qu'il n'avait plus confiance en moi et qu'il avait trouvé un autre docteur. Le code de déontologie médicale est formel : «Le médecin consulté par un malade soigné par un de ses confrères doit respecter le libre choix du malade qui désire s'adresser à un autre médecin». Je dois dire qu'à cette époque, je pensais avoir échoué. Il venait tout de même de faire une tentative de suicide ! C'est lui qui a décidé de me quitter. Il doit être maintenant avec le docteur Brady Conrad qui a une excellente réputation.

Mais la moue qu'il fit en disant cela contredisait ses paroles.

— Qu'avez-vous à lui reprocher ? murmura t-elle gentiment.

— Très officieusement, je vous dirais que sa façon de concevoir la psychiatrie me laisse parfois pantois. Mais bon... à l'évidence Brichard a fait des progrès s'il a réussi à sortir de chez lui pour s'acheter des bières !

La moue se fit plus brutale. Il regarda alors sa montre et la pria de l'excuser mais il devait maintenant recevoir l'un de ses patients. Avant de fermer la porte derrière elle, il lui chuchota :

— Je suis d'accord avec vous au sujet de l'idéalisation de la mère au sujet des tueurs en série. Une idéalisation qui dissimulerait autre chose de plus vile c'est à dire une haine inavouée. Certains tuent en partie car ils sont dans l'incapacité de s'avouer cette haine pour celle qui leur a donné le jour. Oui, j'ai adoré vos travaux. Brichard est une personnalité fragile. Au plaisir madame Cartwight.

14

— Ah, encore vous ! Décidément je suggère de laisser votre inconscient, qui vous dirige indéniablement vers moi, vous guider pour une recherche personnelle de votre moi profond.
Kev regarda Brady dans les yeux qu'il jugea moqueurs. Il s'assit sur le fauteuil en face de son bureau sans l'avoir quitté des yeux un seul instant et lui répondit :
— Arrêtez votre baratin, vous savez pourquoi je suis ici.
— Je ne suis pas médium. Mais allons, je me risque : vous cherchez de l'aide. Psychologiquement vous vous sentez seul, affaibli. Je suis l'homme de la situation.
— Je ne cherche pas à me faire psychanalyser. Je suis juste venu vous demander pourquoi vous autorisez votre patient, monsieur Brichard, à boire de l'alcool.
— Je ne comprends pas le sens de votre question.
— C'est pourtant une question simple. Votre patient prend des médicaments qui, associés à l'alcool, peuvent entraîner chez lui des troubles graves du comportement. Et déjà qu'il n'est pas bien net !
— Je n'autorise pas mon patient, je vous signale que je ne le surveille pas vingt quatre heures sur vingt quatre.
— Il est déconseillé à ceux qui prennent ces médicaments de conduire. Alors vous comprenez ma surprise : Brichard boit et conduit tout en prenant des médicaments que vous lui prescrivez. Brichard a bien précisé que c'est sur vos conseils qu'il est sorti s'acheter des bières.
Brady se pencha en avant, collant son ventre sur son bureau pour lui répondre avec un large sourire :
— Il ne prend pas ces médicaments en quantité suffisante et il n'est pas non plus porté sur le whisky ou autre alcool fort. Il n'est pas alcoolique. Votre question n'a aucun sens.

— Boire six bouteilles de bières en même pas dix minutes, le temps de l'arrivée de la police, cela me semble correspondre à un débit rapide et dangereux pour la santé. Ne croyez-vous pas?

— Brichard vous a t-il dit qu'il avait bu de la bière ?

— Il ne s'en souvient plus. Dites moi, la psychothérapie est-elle vraiment efficace dans le traitement des troubles de la panique? Parce que d'après ce que j'ai vu chez lui, j'en doute.

— Dans les cas les moins sévères oui. Je l'aide figurez vous à reconnaître le fonctionnement de ses pensées qui lui font mal et, ainsi découvertes, je lui explique comment son corps les interprète. Mais avec ce qu'il s'est passé dernièrement, le traitement sera plus long.

— Pour le soulager de ses crises d'angoisse, vous lui avez prescrit des benzodiazépines anxiolythiques.

— Oui ce sont des petits comprimés à mettre sous la langue et à laisser fondre. Rien de bien méchant. Pas de contre indications avec de la bière si c'est à cela que vous pensez.

— Mais dans sa voiture nous avons trouvé un neuroleptique, que vous lui aviez aussi prescrit.

— Son cas est suffisamment grave au niveau de ses crises de panique pour que je lui conseille de prendre des neuroleptiques. Que cherchez-vous au juste ? Me discréditer en tant que psychiatre ? Votre tâche sera rude car j'ai une excellente réputation. Mais je crois comprendre. Vous me semblez à cran. Votre enquête piétine et vous ne savez plus où vous en êtes ni vers qui vous tourner. Ce sentiment d'abandon peut être guéri. Voulez-vous que nous commençons ?

— Vous n'êtes pas sérieux pour un homme de votre importance professionnelle. Combien de fois dois-je vous dire que je ne suis pas venu pour une consultation. Vous me semblez long à la détente. Cela doit être un peu handicapant dans votre métier.

— 63% des adultes peuvent se souvenir au cours d'une psychothérapie d'événements traumatisants vécus pendant l'enfance et oubliés jusque là. Ne jouez pas les durs avec moi. Je sais qui vous êtes.

— 38% disent que les adultes peuvent refouler le fait d'avoir commis un crime. Brichard serait-il de ceux-là ?

— D'abord ce fait n'est pas prouvé scientifiquement. Ensuite, j'ai dit que je savais qui vous êtes et vous n'avez pas bronché. Je peux même ajouter que je sais qui vous *étiez*. Vous comprenez, je devais comprendre d'où provenait toute cette hargne contre mon patient et contre moi même qui ne vous ai personnellement rien fait. Et bien, en lisant les coupures de presse de vieux journaux de l'époque, j'ai appris pas mal de choses vous concernant. C'est pourquoi j'excuse votre comportement. Mais je ne pourrai excuser le fait que vous n'essayez pas de guérir. Vous connaissez ma position sur le secret professionnel. Ce que vous direz restera entre nous.

— Je me demande de quel droit vous êtes allé fouiller dans mon passé. Je n'ai besoin de personne pour savoir qui je suis et je m'aime, sachez le.

— L'orgueil est un péché capital. Vous avez une estime de vous-même très exagérée et cela s'accompagne du mépris évident envers les autres. J'en ai la preuve sous les yeux.

— Je ne suis pas orgueilleux. Ce n'est pas l'être que de dire que je suis assez fort dans mon domaine.

— L'orgueilleux est convaincu de sa supériorité et il entend bien que celle ci soit reconnue. Mais en ce moment ce n'est pas le cas. On vous brime pour cette histoire de bières qui n'intéresse personne. On ne vous prend pas au sérieux.

— Oh mais ça viendra.

— Et oui, vous recherchez les honneurs. Car l'orgueilleux a toujours raison. Vous avez du mal à accepter une remarque aussi innocente soit-elle si jamais cette remarque venait à vous contredire car vous pensez que cela est un manque d'égard. Vous êtes sûr de vous et donc l'idée que vous puissiez faire fausse route n'est même pas envisageable. Vous vous obstinez.

— Je fais mon travail d'enquêteur et vous n'arriverez pas à me faire douter de mes capacités.

— Mais le problème est que l'orgueil prédispose aux maladies mentales, surtout avec un passé tel que le vôtre. Vous recherchez constamment la perfection, dans le travail, avec vos relations amicales, avec les femmes. Vous misez un idéal, constamment, alors que l'idéal est impossible à atteindre. D'où vos échecs successifs qui étaient inévitables. Cela vous rend anxieux. Cela peut déboucher sur la dépression et dans certains cas sur la psychose paranoïaque. Mais je suis là, je peux vous aider.

— Vous ne me plaisez pas.

— Parce que je ne suis pas parfait. Le perfectionnisme qui s'enracine à l'orgueil évolue vers la maladie mentale.

— Ça fait un bon quart d'heure que vous essayez de me persuader que je suis fou.

— Ah vous êtes blessé ! Et vous devenez agressif. Pour impressionner vous parlez fort et vous agissez brusquement. Vous pénétrez dans mon bureau sans y avoir été invité. Vous n'avez aucun mandat. Vous venez juste m'ennuyer. Cela n'a aucun effet sur moi, sachez le.

— Je suis fier. Je ne suis pas orgueilleux. La fierté est un sentiment noble, élevé. Je suis fier de ce que je fais. J'ai confiance en moi. Je connais mes capacités et je les estime bonnes. La fierté c'est la confiance dans le fait que l'on peut faire les choses bien. L'orgueil c'est la confiance que l'on peut faire les chose *mieux* que les autres. Il me semble que vous appartenez à la seconde catégorie.

— Vous êtes fier de vous ?

— Je suis fier de mes talents. Je découvrirai le meurtrier. Je m'aime et je m'accepte tel que je suis. Ce n'est pas de l'orgueil. Ne pas aimer les autres, ça l'est. Parler des ses talents ce n'est pas de l'orgueil. Ne pas voir que d'autres en ont, ça l'est.

— Vous êtes réellement fier de vous? Vous qui avez désobéi à votre mère et *laisser votre petit frère se faire kidnapper ?*

Kev eut un léger sursaut. Mais il se reprit bien vite.

— Je me contrefiche de vos allégations. Comment se fait-il au fait que vous n'ayez aucune secrétaire pour prendre vos rendez-vous ?

— Je vous signale qu'il est tard.

— Je vous signale que ce n'est pas une réponse. Dans la journée non plus vous n'en avez pas.

— Vous refusez de parler. Pourtant je peux écouter. Vous me semblez vraiment perturbé. Mais cela je peux le comprendre.

Votre amour propre, l'adoration que vous avez pour vous même et que vous venez d'ailleurs d'avouer sans aucune gêne est la raison principale qui vous a poussé à laisser votre petit frère sans surveillance. Après tout, l'aimiez-vous vraiment? N'y aurait-il pas eu, déjà à cette époque, dans votre cerveau enfantin une envie de le voir disparaître pour profiter de l'attention de votre mère.

— Pour un psychiatre, c'est étrange de vous entendre me juger.

— Je vous rappelle que vous avez refusé une thérapie. Je vous l'ai conseillé trois fois déjà depuis notre petit entretien et vous avez décliné mon offre. Ce n'est donc pas le psychiatre qui parle à un patient mais un homme qui parle à un autre. Vous suivez ? Cela dit, notre conversation sera soumise au secret professionnel si vous décidez de parler.

— Je ne me souviens pas de mon frère.

— Mais vous vous souvenez de sa présence. Il vous gênait, vous embarrassait même. Votre mère était déjà une alcoolique notoire bien avant la naissance de son second enfant. Vous vous souvenez de ça ?

— Ma mère s'est toujours bien comportée avec moi.

— Vous étiez son préféré. Elle n'avait pas les mêmes réactions avec votre frère... comment s'appelait-il déjà ?

— Je ne m'en souviens pas.

— Bien sûr que si. Mais dire son nom c'est mettre un visage au souvenir. Et comme vous préférer oublier...

— Je ne me souviens pas.

— Arrêter de vous plonger dans la négation. Avouez les émotions que vous avez ressenties alors. Vous n'étiez qu'un enfant après tout, vos émotions ne portaient pas à conséquence. Je vous ai vu en photo dans le journal. Vous ne pleuriez pas. Votre visage était fermé.

— J'avais déjà suffisamment pleuré.

— Vos yeux étaient secs.

— Je devais me montrer fort pour soutenir ma mère.

— Vous vous souvenez de ça ! C'est bien là le nœud du problème. Un complexe œdipien se retournant contre votre petit frère car il n'y avait pas de père à la maison. Non, votre père était parti, vous laissant seul avec votre mère. Un abandon pour elle mais certainement un plaisir pour vous. Ainsi vous aviez votre mère pour vous tout seul. On est si égoïste quand on est enfant. Et puis ce petit frère est arrivé. Mais quel était son père ? Il était l'intrus. Vous rendez vous compte à présent de la noirceur de votre âme ? Vous l'avez vu partir avec cet homme, j'en suis persuadé. Et vous l'avez laissé partir volontairement. Je ne doute pas du fait que vous ignoriez alors ce qu'un pervers violeur d'enfants était réellement. Mais cet inconnu qui a subtilisé votre frère sous vos yeux, c'était un peu comme un ogre. Et pourtant vous n'avez pas bougé. A cause de vous en somme, son corps est devenu poussière, quelque part enterré à la va vite dans un quelconque chemin boueux. Cela a du vous procurer une immense fierté de voir que vos souhaits étaient réalisés. N'est ce pas ? Vous vous êtes senti là aussi *fier* ?

— Je me demande à quoi servent les psys. Ils m'ont l'air d'être eux-mêmes de grands malades.

— Vous préférez la moquerie à l'aide que je pourrais vous apporter.

– Et si c'était vous et tous les gens de votre espèce qui se croient supérieurs? Comment pouvez-vous vivre avec cette assurance que vous êtes des bienfaiteurs de l'humanité ?

— Nous aidons les personnes qui souffrent.

— Il faut faire attention aux psychiatres. Il n'y a pas si longtemps, un tueur en série sévissait dans notre cher pays. Il a tué, démembré et il a même fait cuire des lambeaux de chair de ses victimes pour les bouffer avec des macaronis. Tandis qu'il conservait la tête de l'une de ses dernières victimes dans le coffre de sa voiture, il s'est rendu chez deux psys pour tenter de les convaincre qu'il voulait changer de vie et que pour ce faire il devait retrouver un casier judiciaire vide. Ces deux pitres que vous nommez experts ont été impressionnés par son calme et son envie évidente de devenir un citoyen modèle. L'un des deux clowns a même écrit « *Il n'est plus une menace ni pour lui ni pour les autres*». Le tribunal a confirmé l'avis de ces deux experts et de ce fait, il a retrouvé un casier judiciaire totalement vierge. Et pourtant il avait déjà tué et la justice le savait. Les psys aussi, puisqu'ils savent toujours tout. Faut-il que je vous rappelle le nombre de victimes de ce criminel, après les déclarations positives de ces deux merdes ? Alors votre avis sur moi...!

Il prit dans ses poches une paire de gants en cuir. Il les enfila lentement tout en fixant Brady d'un air mauvais.

— Qu'est ce que vous faites ? demanda celui-ci légèrement inquiet.

— Il est temps pour moi de quitter les lieux.

Il étira ses doigts maintenant à l'abri dans ses gants en cuir. Puis, il se leva. Son visage était fermé et ses yeux fixaient le psychiatre avec une froideur excessive. Pendant qu'il se dirigeait vers lui lentement, il lui dit :

— C'est une bonne chose que nous soyons seuls. Personne ne sait que je suis ici. Et vous même ne saviez pas non plus que j'allais venir. Alors merci de m'avoir reçu. En solitaire.

— Mais qu'est ce que vous allez faire ?

— Peut être vous tuer.

Il leva son poing droit.

Finalement, la faire mourir était la solution. Pourquoi se priver ?

Elle était là devant lui assise sur une chaise à bascule horriblement vieille. Comme elle. Quel âge pouvait-elle avoir cette femme qu'il regardait maintenant d'un œil différent ?

Elle avait été belle. On pouvait déceler sous ses fines ridules autour des lèvres une bouche qui avait du être charnue. Et ses yeux, maintenant hagards, qui cherchaient un moyen d'évasion. Il sentait bien qu'elle cherchait à éviter son regard car elle les bougeait dans toutes les directions.

Elle était pathétique.

Et vieille.

«Il est trop tard, s'écria t-il alors. Regarde ce que tu as fait de moi !».

Il lui arracha violemment la canette de bière qu'elle tenait faiblement de sa main droite. Elle le regarda les yeux en pleurs.

Elle eut juste la force de dire «Mon petit !» avant que le marteau ne l'atteigne sur la tête.

La cervelle qui en jaillit réussit à elle seule à l'énerver.

«Non, pas maintenant, salope!»

Mais il avait tapé beaucoup trop fort. Le corps désarticulé glissa de la chaise qui continua à émettre un grincement de balançoire usé par le temps.

15

A dix neuf heures trente, Kev rentra chez lui. Il eut la surprise de découvrir sur le palier un agent de police qui, respectueusement, lui remit un courrier. Il jeta un petit coup d'œil distrait sur l'enveloppe mais ne s'y attarda pas, l'esprit encore préoccupé par une journée bien remplie. L'agent lui fit un petit salut de la tête puis retourna dans son véhicule. Il démarra en trombe. Kev déchira l'enveloppe tout en ouvrant la porte de sa maison. Il avait passé la journée avec quelqu'un qu'il n'arrivait plus à comprendre. La lassitude était venue l'envahir tandis qu'il reprenait le chemin inverse pour rentrer chez lui. Sans doute avait-il grandi, psychologiquement. Il pensait avoir réussi maintenant à mettre une croix sur son passé car dorénavant il comprenait qu'il ne ressentirait plus le besoin de suivre cette relation chaotique.

— Oh maman! souffla t-il en pénétrant chez lui.

Il se débarrassa de sa veste et entreprit de lire le courrier. Deux minutes après, il appela le commissariat :

— Bonjour, je suis Kev Carst et j'ai le grade de commandant au FBI. Je viens de recevoir une convocation au poste de police pour «une affaire me concernant». Le motif n'est pas précisé. Je me doute bien que si l'on veut me voir c'est pour une affaire me concernant. Mais laquelle ?

— Monsieur Carst...

— Commandant, je vous prie. La loi est formelle et je suis bien placé pour le savoir. Par conséquent je précise que je ne refuse pas de déférer à la convocation mais que conformément à mes droits je demande à être informé de manière claire et précise sur le motif de cette convocation.

— Et bien commandant Carst, lui répondit une voix calme et posée au timbre prononcé d'un fort accent texan, une plainte a été déposée contre vous pour violence envers le docteur Conrad

Brady. Cette convocation a pour but de vous entendre au sujet de cette plainte.

Kev, tout comme son interlocuteur, continua de parler avec une politesse exemplaire.

— Je vous remercie pour le renseignement, absurde je tiens à le préciser. J'attends donc votre nouvelle convocation mentionnant le motif que vous venez d'invoquer.

A peine eut-il fini sa phrase qu'il entendit un remue ménage à l'autre bout du fil. Il reconnut la voix forte et grave de son ami le commissaire Quins qui venait d'arracher le combiné des mains de son adjoint et lui ordonnait maintenant d'une voix sèche de quitter les lieux un instant.

— Bordel mais qu'est ce que tu as fait ? lui demanda toujours très en colère Quins à l'autre bout du fil.

— Je pense que le docteur a un petit coup dans le nez pour oser annoncer de telles âneries sans preuve.

— Son avocat est là et il ne plaisante pas Kev.

— Peut-être qu'il prend de la drogue lui aussi.

Quins n'apprécia pas le ton moqueur que son ami employait. Il allait lui répliquer de parler sur un autre ton car tout ceci n'avait rien d'une plaisanterie lorsque Kev le devança en lui demandant de le lui passer.

— Tu veux que je te passe l'avocat ?

— Tu as très bien compris.

Comme à regret, Quins lui passa le combiné en murmurant en même temps à l'avocat que le commandant Carst était à l'autre bout du fil.

— Allô ! annonça une voix bouffie d'orgueil pensa Kev.

— Je suis le commandant Carst du FBI. J'apprends qu'une plainte va être déposée contre moi pour un acte que je n'ai pas commis. Dites à votre client que devant les éléments douteux que vous avancez, je me dois, pour ma réputation et mon honneur que vous venez par vos actes de bafouer, porter plainte moi même pour diffamation et atteinte à mes droits et à mon image. Car je suis un homme public, vous le savez certainement.

L'avocat ne sembla pas le moins du monde troublé par le ton autoritaire que Kev avait employé. Ce fut sur le même ton d'ailleurs qu'il lui répliqua que son client le docteur Brady, retirerait immédiatement sa plainte si monsieur Carst voulait bien accepter de se faire suivre par un psychiatre pour régler ses problèmes d'agressivité et de violence. Lorsqu'il aura apporté la preuve qu'il avait réellement pris rendez-vous pour une consultation en vue de se faire soigner, son client retirera sa plainte. Il ajouta même que son client ne demanderait même pas de dédommagement pour le préjudice moral et physique.

— Si votre client a été agressé, répondit Kev toujours d'une voix tranquille, je ne vois pas quelles pourraient être les preuves avancées pour m'accuser. Quand cela s'est-il passé ?

— Il y a moins de deux heures.

— J'étais hors de la ville à cette heure là. Allez dire à votre client que je saurai prouver mon innocence. Par contre l'image qu'il donnera de lui même, ses assertions et ses accusations, tout cela va lui porter préjudice. Enfin bon, il peut faire comme bon lui semble. Mais que ce soit bien clair, je n'entends pas me laisser accuser sans me défendre.

— Monsieur Carst...

— Commandant, le reprit-il d'une voix hautaine. Je vous ferai part du nom de mon avocat. Vous verrez avec lui. Pour ma part je ne veux plus rien entendre.

Et il raccrocha.

Il se jeta sur le sofa avec rage. Il ne manquait plus que cela ! Pour une journée de merde, celle ci battait tous les records. Il l'avait cherché du reste. Quel besoin avait-il eu de cogner sur cette tête de nœuds ? Mais ce fut le visage de sa mère qui vint prendre la première place dans ses pensées. Comme tous les jeudis il allait la retrouver pour lui apporter à boire et à manger. Sans oublier ses éternelles clopes qu'elle fumait sans discontinuer, ne s'arrêtant que lorsqu'elle s'endormait. Il dut s'avouer que depuis quelques temps déjà, elle était devenue un fardeau lourd à porter. Il était passé chez elle avant d'aller chez Brady et il se demanda par quel hasard le docteur avait réussi à parler de son frère mort le jour où lui même avait décidé d'en parler à sa mère. Il s'était rendu dans la ferme isolée, sa mère étant devenue une ermite languissante devant ses canettes de bières et sa raison vacillante. La maison tombait en ruines cachée dans la forêt parmi les arbres centenaires et l'herbe mouillée. Il se souvint de son enfance passée avec la mère qu'il chérissait à l'époque. A présent, il devait s'avouer que la culpabilité s'était envolée. Elle le lui avait dit finalement. Elle lui avait avoué la vérité. Il l'avait alors détestée pour cela. Tandis qu'elle allumait une cigarette d'une main fripée... Bon sang s'écria t-il mentalement.... Elle n'avait que cinquante et un an ! ... Il lui avait posé *la* question. Elle l'avait regardé d'un air malheureux. Toute la tristesse l'avait assaillie et il eut honte un instant, juste avant qu'elle ne réponde, de lui avoir ainsi fait revivre ce passé qu'à l'évidence elle avait cherché à fuir depuis toutes ces années.

— Maman, lui avait-il demandé d'une voix douce, tu te souviens de Jason ?

Elle avait baissé les yeux tout en tirant plus fortement sur le filtre. Elle s'était mise à chantonner une mélodie.

— Maman !

— Tu te souviens n'est ce pas mon petit de cette chanson que je te chantais quand tu étais enfant ? Tu l'adorais. Je me souviens de ton regard posé sur moi alors que j'entamais le refrain. Un regard rempli d'admiration !

Et elle s'était mise à chanter : *«Je t'aime mon petit bout, plus que tout au monde, je te comblerai de tous les bienfaits»*

Mais il l'avait arrêtée brusquement en s'écriant :

— Maman, je te parle de Jason !

Elle avait jeté furieusement sa canette de bière à moitié vide sur le sol. Il entendait encore le bruit de la ferraille sur les cailloux et le bruit d'une eau qui coule. La bière qui s'étalait devant ses chaussures. Il s'était écarté mais le mal était fait. Ses superbes italiennes étaient bonnes pour la casse s'il ne les nettoyait pas rapidement.

— Jason ! hoqueta t-elle. Il était la honte, le crime ! Un être malfaisant d'un père démoniaque !

Kev avait secoué la tête, désespéré. S'était-il vraiment attendu à une discussion sensée avec *elle* ?

— Ton père... ton père c'était autre chose. Nous nous aimions. Il m'a épousée lorsque j'étais enceinte de toi. Il était devenu américain, lui le pauvre mexicain qui voulait tant étudier en Amérique. Il était intelligent tu sais, et beau comme toi. Tu lui ressembles tellement.

Elle avait passé la manche de sa robe salie par le temps sur son nez qui s'était mis à couler en même temps que son regard s'embuait de larmes.

— Mais les passeurs l'ont arrêté alors qu'il traversait le fleuve pour aider d'autres migrants. Je lui avais dit de ne pas y aller. Il venait de m'épouser, il était américain maintenant. Il avait dix neuf ans et j'en avais dix huit. Je pensais à cette époque que notre vie allait être merveilleuse avec ce nouvel être qui poussait en moi. Mais il m'avait juré d'arrêter de faire passer d'autres jeunes mexicains à la recherche de l'Eldorado. Tu sais, c'est lui qui a acheté cette maison.

Elle regarda la bâtisse délabrée qui n'allait pas tarder à s'écrouler si l'humidité prenait possession de toutes les parois. Puis elle continua d'un rire sans joie.

— Tu venais de naître. Je t'avais laissé ici avec une copine à moi qui te gardait. J'avais décidé de l'accompagner pour son dernier périple en pensant bêtement que je pouvais l'aider. Mais il est mort.

Ses larmes avaient maintenant pris possession de tout son visage. Les mèches de ses cheveux grisonnants lui tombaient sur le front. Elle était pathétique et malheureuse. Dans le trou noir de la dépression.

— Il a été tué par un de ces salauds qui gardent la frontière. Et moi... moi... il m'a violée. Ton demi-frère est le fruit d'un viol et d'un massacre. J'ai perdu mon mari et j'ai gagné quoi ?

Elle s'était énervée en se levant et en arpentant le sol jonché de cailloux et de canettes vides.

— Un démon. C'est comme ça que j'aurais du l'appeler. Jason ! cracha t-elle méchamment. Je n'en voulais pas. Mais il s'est accroché ce salaud. Puis, il est revenu le chercher.

— Qui est revenu le chercher ?

— Son père, ce monstre. Je le lui ai donné sans hésiter.

Kev s'était assis lourdement sur une chaise bancale. Il avait peu de temps auparavant posé une grande serviette éponge dessus. Il n'aimait pas sentir le fer rouillé sur son dos. Tandis qu'il fixait sa mère, légèrement hébété, il avait insisté :

— Tu as donné Jason à son père ?

— C'était la seule solution, tu comprends ?

Kev avait posé ses paumes devenues moites sur son pantalon. Il était resté ainsi, les yeux posés sur le sol qu'il ne voyait même pas puis, d'un geste brusque, il avait redressé la tête. Il avait fixé sa mère pour lui dire, lentement et calmement que Jason avait été tué par un tueur en série. Il n'avait pas retrouvé son père, pouvait-elle seulement accepter cela ? Elle avait ricané méchamment :

— Il est parti avec lui ! Il m'avait retrouvée ce salaud. Mais j'avais pris mes précautions. Une femme seule se doit d'être armée. Je l'aurais tué sans hésiter, tu sais. Et puis... j'ai vu qu'il avait envie de sexe alors, je lui ai donné son petit monstre. C'est ainsi qu'il l'a emmené. Je me demande s'il savait que c'était son fils avant de le brutaliser.

Kev avait senti les nerfs le gagner. Il s'était levé et s'était avancé vers sa mère.

— Je lisais une bande dessinée que tu m'avais donnée. Je devais surveiller mon frère, tu me l'avais demandé. Mais j'en avais marre d'avoir les yeux fixés sur lui. Et puis que pouvait-il nous arriver dans ce trou perdu ? Je l'ai vu s'éloigner, je l'ai vu me faire un signe de la main. Moi aussi je lui ai fait un signe puis j'ai replongé le nez dans ma lecture. Si je l'avais seulement surveillé, rien de tout cela ne serait arrivé ! Tu peux au moins arrêter de vivre dans tes fantasmes et te souvenir de ça car ça c'est la réalité !

— Tu ne te souviens pas parce que tu étais encore si petit. Nous vivions seuls ici et il pouvait revenir. Nous avons fait un deal, lui et moi. Il emportait l'un des garçons et il nous laissait tranquille. Il a tenu parole, plus jamais il ne nous a ennuyés.

— Je lui ai fait un signe de la main ! répéta Kev abattu.

— Oui, c'est moi qui t'ai fait lever le nez de ton livre. Je voulais que tu aies une dernière image de ton frère. Je t'ai tapé sur l'épaule et je t'ai dit : «Tu ne dis pas au revoir à Jason ?» Tu as levé les yeux, tu lui as fait un signe de la main. Et il est parti. Pour toujours.

Pendant que sa mémoire refaisait surface, Kev avait senti une boule se nouer dans sa gorge. La pression s'était faite plus brutale au niveau de son plexus. Il avait même ressenti une violente douleur au bas de son ventre comme si quelqu'un venait de l'asséner de coups de poings. La sueur avait commencé à prendre possession de ses tempes. Ses muscles n'avaient plus répondu. Il avait été tétanisé par les paroles de sa mère. Plus que déconcerté. Bouleversé et... en colère. Cette dernière émotion eut plus de facilité à gagner le combat que s'était livrée sa raison vacillante. Il avait serré les poings puis brusquement s'était redressé. Sa mère lui avait dit alors gentiment :

— Je t'ai sauvé mon petit. Nous avons pu rester ensemble.

Il s'était retourné violemment vers elle et l'avait giflée. Surprise et sous le coup de la douleur elle s'était étalée par terre. Kev, en proie à une colère sourde, s'était laissé aller à lui exprimer vertement ce qu'il pensait :

— Tu m'as laissé durant toutes ces années me culpabiliser en me laissant croire que tout était de ma faute !

Tout en se relevant péniblement elle lui répondit qu'ils avaient pourtant été heureux ensemble.

— Heureux ? Mais tu te fous de moi ! Mais regarde où tu vis ! Où tu as voulu me faire vivre ! Dans de la crasse, isolé du genre humain. Si je n'avais pas rencontré les MacProty qu'est ce que je serais devenu? Tu ne vois pas que je ne peux même pas supporter la moindre poussière ? Je ne peux m'habiller que de vêtements coûteux et propres, c'est une façon de ne plus subir ce que tu as voulu me faire subir durant toutes ces années ! Je suis un handicapé de la vie et tout ça pour quoi ? Parce que ma mère est une malade !

— Comment oses-tu me juger ? Tu n'es pas une femme, tu ne sauras jamais ce que c'est qu'un viol. Il m'a salie tu peux comprendre ça, il m'a humiliée, brutalisée, j'ai vécu dans la peur et le dégoût de moi même et cet enfant je ne le voulais pas. Qui l'aurait voulu ?

— Pourquoi m'avoir fait croire que j'étais responsable de sa disparition !

— Mais je ne t'ai jamais dit ça, mon petit. C'est toi qui l'as pensé tout seul.

Elle s'était remis à pleurer en murmurant des «mon petit» seulement interrompus par ses sanglots. Il l'avait regardée longuement tandis qu'elle se rasseyait sur la chaise à bascule.

Kev se leva de son fauteuil, bien décidé à ne plus penser. Mais il ne put s'empêcher de songer à ce maudit psychiatre qui avait voulu le sermonner. Le frapper avait été une douce vengeance. Il regarda une dernière fois la comparution au poste de police puis déchira la lettre. Il savait ce qu'il avait envie de faire ce soir. Qui il avait envie de voir.

16

Une fois le bain terminé, Bobby prit son goûter. Il était installé devant la télévision en train de regarder des dessins animés. «Vingt minutes ! lui avait lancé Jamie. Après on éteint et on descend acheter le pain pour ce soir!». Bobby, tout imprégné par la fusée magique qui venait de décoller, emportant avec elle deux petits lapins astronautes, secoua la tête mais ne répondit pas. Jamie était en train de s'affairer dans la salle de bain, rangeant les serviettes puis nettoyant la baignoire quand son portable sonna. Elle courut jusque dans le salon, passant en courant devant son fils qui ne la vit même pas, toujours imprégné par les prouesses des deux lapins parlants qui avaient atterri sur la lune, attrapa son téléphone et d'une voix essoufflée répondit. Elle fut surprise d'entendre Kev à l'autre bout du fil. Elle lui dit innocemment qu'elle avait cherché à le joindre toute la journée mais qu'il n'avait pas daigné répondre. Il ricana en répliquant que toute la journée était une exagération énorme vu qu'elle avait laissé *un* message. Très énigmatique du reste.

— Tu as dit : il *faut absolument* que je te vois. Dans ma petite tête d'homme civilisé, j'ai naturellement pensé que tu avais un besoin irrépressible de mon corps. Je suis à ta disposition.

Ils se disputèrent gentiment, Jamie lui lançant qu'il devait cesser de se croire aussi irrésistible et lui lui répondant qu'il ne fallait pas se creuser la tête bien longtemps pour savoir qu'il l'était. Après une minute de badinage, il reprit plus sérieusement :

— Ecoute Jamie, je ne veux pas m'imposer, je sais que ton fils est avec toi et sans doute... enfin... verrais tu un inconvénient à me recevoir chez toi... quelques minutes. J'ai besoin de parler à quelqu'un et... j'ai toujours pensé, dès notre première rencontre, que tu... enfin...

Il s'arrêta subitement gêné. Jamie fut sensible à son hésitation. Ce soudain mal être l'intrigua. Alors elle lui demanda ce qu'il se passait.

— Laisse tomber, je suis désolé. Je te dérange. Une autre fois.

Il allait raccrocher mais Jamie sans hésiter lui répondit qu'il pouvait passer. Elle allait acheter le pain puis commencerait à préparer le repas pour ce soir. Voulait-il dîner avec elle et Bobby?

— Mais... je ne voudrais pas... perturber... enfin...

— Je ne sais pas ce qu'il t'arrive Kev mais ma parole tu es incompréhensible. Mon fils et moi ne vivons pas reclus dans une caverne loin de toute civilisation humaine. J'ai déjà invité des amis à la maison. Ta présence ne nous dérangera pas. Bien au contraire. Et puis de toute façon, j'ai quelque chose à te dire. Nous pourrons en parler quand mon fils ira au lit. J'ai croisé Brichard ce matin. Et nous avons bu un verre ensemble. Cela t'intéresserait-il de savoir ce que j'ai appris ?

— Tu n'as pas besoin de m'appâter avec Brichard. Même si tu n'avais rien à dire, je serais heureux de te revoir. Mais j'avoue que je suis intrigué.

— Alors à dix neuf heures trente.

— Je peux apporter le dessert. Un genre de sorbet au chocolat avec des cacahuètes ?

— Tu lis dans mes pensées et dans celles de Bobby. C'est notre dessert préféré.

17

Jamie s'en voulait d'être émoustillée par l'arrivée imminente de Kev. Elle ne comprenait pas ses réactions. En fait, elle ne voulait pas trop s'y attarder. Car cet homme lui faisait beaucoup d'effet. Ils devraient parler sérieusement ce soir. Elle allait se montrer franche avec lui. Lui dire qu'elle l'avait un instant soupçonné pouvait être une erreur. Après tout, il serait logique que Kev prenne mal la chose. Mais elle devait se montrer honnête. Elle sentait que seule cette initiative pouvait déclencher une histoire entre eux. Une simple liaison ne la comblerait pas. Elle avait envie de lui. Mais elle avait encore plus envie qu'ils soient honnête l'un envers l'autre. Lorsqu'il arriva avec dans les mains une énorme boîte à pâtisserie, il crut que Bobby serait comblé. Au lieu de cela, le petit garçon se précipita dans les bras de sa mère pour lui murmurer quelque chose à l'oreille. Kev, toujours sur le palier, se demanda si le petit garçon ne l'avait pas immédiatement pris en horreur, quand il entendit Jamie lui répondre qu'en effet, il y avait un petit quelque chose. Bobby voulut redescendre au sol et une fois à terre, courut dans la salle à manger. Intrigué, Kev tendit la boîte à Jamie qui alla la déposer sur la table de la cuisine après avoir fermé la porte et demandé à Kev encore immobile d'entrer. Bobby revint quelques secondes après en tendant quelque chose à sa mère. Jamie sourit à son fils qui regardait toujours Bobby d'un drôle d'air puis elle dit à Kev, qui n'avait toujours pas ouvert la bouche, que son fils avait remarqué une certaine ressemblance entre lui et son père. Elle lui tendit le cadre. Kev regarda l'homme en question et comprit ce qui avait bouleversé le petit garçon. Il s'attendait à ce que Jamie dise quelque chose. Après tout, elle avait des notions en psychologie plus pointues que lui. Mais il songea que son petit sourire discret était une façon de lui faire comprendre qu'elle était en train de lui faire passer un test.

Kev se retourna alors vers Bobby et, fixant ses yeux noirs, il s'agenouilla à sa hauteur tout en lui remettant la photo.

— Je n'ai malheureusement pas connu ton père. Et pourtant j'ai entendu parler de lui. Car dans la police il est connu, tu sais. Un héros. Voilà ce qu'il est. Tu peux être fier de lui. Tout comme il doit être fier de toi, là où il est. Car si je lui ressemble un peu, toi tu lui ressembles beaucoup.

Bobby eut l'air d'apprécier le compliment car il prit la main de Kev pour l'attirer dans la salle à manger. Jamie souriait toujours quand Kev lui lança un regard presque désolé. Il s'était senti stupide en parlant de cette façon mais à l'évidence, c'était ce qu'il fallait dire. La soirée se passa dans une joyeuse ambiance. Petit à petit la conversation prit une tournure plus amusante quand Bobby se mit à leur dire que plus tard il aimerait être astronaute comme les lapins. Kev fronça les sourcils d'incompréhension suivi d'un rire quand Jamie lui chuchota «C'est un dessin animé». Puis l'heure du lit arriva. Bobby alla enfiler son pyjama, se lava les dents et les mains puis fit une bise à sa mère qui l'accompagna dans sa chambre. Il se retourna vers Kev et lui fit un petit signe de la main. Le cœur serré par cette vision, Kev déglutit et lui rendit, difficilement, son salut. Dix minutes après, Jamie refit surface. Kev était assis sur le fauteuil, les yeux dans le vague. Il semblait perdu dans ses pensées et elle n'osa pas au premier abord le déranger. Elle le regarda de loin, son profil se dessinant dans la pénombre. Puis, sentant une présence, Kev tourna lentement la tête vers elle. En croisant son regard, il lui sourit. Il tapota d'une main la place près de lui sur son fauteuil.

— Alors, lapinou s'est endormi ?

— Tu n'as rien compris. Il ne veut pas être un lapin mais un astronaute.

– Il faudra que je lui raconte l'épopée des fusées lunaires. Avec à l'intérieur des êtres vivants appartenant à la race humaine. Ça le confortera dans l'idée qu'une fois devenu un homme il pourra faire ce qu'il veut. Imagine qu'il se mette en tête de devenir un lapin ?

— Arrête tes bêtises. Alors, sérieusement, qu'est ce qui t'arrive ?

Kev laissa ses mains tomber le long de ses cuisses en lançant un petit soupir.

— Je suis allé voir le docteur Brady cet après-midi. Et je l'ai frappé.

Complètement déconcertée, elle ne put que bafouiller un «Mais... pourquoi?» d'un air totalement éberlué. Il lui raconta qu'il s'était senti comme pris au piège. A l'évidence, cet homme s'était renseigné sur lui. Il avait appris des choses concernant son passé. Il avait cherché à *savoir*. C'était cela qu'il ne comprenait pas.

— J'ai vraiment eu l'impression qu'il me tendait un piège. Tu sais j'ai fait des recherches sur lui, moi aussi. Il n'est pas aussi excellent qu'il le croit ou qu'il le laisse entendre. En vingt ans de carrière, cinq de ses patients se sont suicidés. Et je peux te dire que si je n'étais pas un homme aussi équilibré, j'aurais sauté par la fenêtre à cause des remords ou des regrets. Il ne sait pas parler aux gens. Il les humilie, les agresse puis il s'étonne si on lui saute dessus.

— *On* est un peu exagéré. Tu es le seul à l'avoir fait.

Il se retourna vers elle en sautillant un peu à cause de la mollesse du fauteuil et lui répondit qu'il l'avait cherché. Réellement. Elle lui demanda alors doucement s'il allait y avoir des conséquences à son geste. Il hocha la tête tout en maintenant les yeux fixés sur elle.

— Il a porté plainte contre moi.

Jamie fut scandalisée devant une telle action et elle se mit subitement à craindre pour la carrière de Kev. Ce qu'elle lui dit du reste, en toute franchise.

— C'est à l'accusation d'apporter les preuves de la culpabilité et non à l'accusé de démontrer son innocence. Je me suis montré soigneux, méthodique et organisé. Personne ne m'a vu pénétrer chez lui. Et puis, je porte plainte aussi. Nous allons avoir droit à une séance de psy tous les deux. Je pense qu'il est mal barré. Je ne dirai pas qu'il est fou. Je dirais qu'il est manipulateur.

— Pourquoi dis-tu cela ?

— Tu sais, je suis flic depuis longtemps. J'ai ce don... non je ne vais pas dire ça car tu vas te moquer de moi. Disons que je sens quand quelqu'un me ment. Je sais que Brichard nous a menti. Que s'est-il passé au fait avec lui ?

Jamie lui raconta leur rencontre totalement fortuite dans la rue. Elle lui avait parlé des bières et il lui avait avoué qu'il n'en buvait jamais. Qu'il était possible qu'il en ait acheté mais qu'il ne s'en souvenait pas.

— Je l'ai observé. Je t'assure qu'il ne se souvenait de rien au sujet de ces bières.

— J'en ai marre !

Il se leva rapidement. Jamie le suivit et lui demanda pourquoi elle le sentait nerveux tout à coup.

— Je le fais surveiller par l'un de mes collègues. Je le fais moi même le soir mais je suis avec toi alors mon pote a pris la relève. Serait-ce une coïncidence si depuis que je le surveille, il n'y ait plus eu d'autres meurtres ?

— Encore faudrait-il qu'il le sache, que tu le surveilles je veux dire.

— Oh il le sait. Je ne fais pas dans la dentelle. Je veux qu'il me voie.

— C'est sans doute pour ça qu'il m'a dit que tu le harcelais.

— Je n'aime pas le fait qu'il t'ait croisée, par hasard aujourd'hui.

— Tu veux me faire peur ? lui demanda t-elle en souriant.

Il la regarda longuement en silence et lui murmura, la voix un peu étranglée, qu'il ne voulait pas la perdre. Elle prit alors son courage à deux mains et lui dit en le regardant droit dans les yeux :

— Il y a une chose que je dois t'avouer.

— Quoi donc ? Que tu m'as soupçonné un moment d'être le tueur ?

— Comment...?

— Oh je t'en prie. Il fallait voir ta tête quand je t'ai découverte devant mon placard. Ensuite après ton départ j'ai entendu le message de Quins. Il ne faut pas être trop futé pour comprendre ta réaction.

Il se mit à rire tout en l'enlaçant férocement.

— Je te demande pardon. Réellement je regrette.

— Y'a pas de mal. En fait je ne t'en veux pas d'avoir pensé ça à mon sujet parce que j'ai pensé la même chose à *ton* sujet. Alors, on est quitte.

— Mais qu'est ce que tu racontes, lança t-elle en secouant la tête.

Il en profita pour enfouir sa tête dans sa longue chevelure bouclée et respirer son parfum. Puis, après trente seconde d'apnée, il reprit sa respiration. Jamie lui tapota sur le torse. Il se mit à rire de nouveau et lui répondit que les jeunes femmes trouvées mortes étaient toutes très jolies. Comme il savait qu'elle en voulait à son corps il s'était dit que c'était peut être le seul moyen pour elle d'éliminer toutes les jolies concurrentes potentielles qui auraient pu lui faire du charme. Il s'esclaffa tandis qu'elle lui lançait, presque choquée, que ce n'était pas drôle du tout. Il ne s'arrêta pas de rire devant son visage courroucé. Mais il se sépara d'elle avec regrets en lui disant qu'il ne voulait pas réveiller lapinou et qu'il ne voulait pas gâcher leur nouvelle relation si jamais il découvrait un homme dans le lit de sa mère. Avant de quitter la maison, il lui chuchota à l'oreille :

— Si Bobby est d'accord, et s'il est très sage, on pourrait sortir tous les trois ensemble. Les lumières seront disposées ce week-end dans la rue principale. On pourrait y aller tous les trois visiter le marché de Noël. Qu'en pensez-vous madame ?

Elle lui ébouriffa les cheveux et le dévisagea en penchant un peu la tête. Elle adorait lorsqu'il était mal coiffé, ses cheveux mi-longs lui retombant sur les yeux et le cou sans ce gel constant qui les tenait trop souvent en respect.

— J'avais peur que le fait d'avoir un enfant ne te prédisposait pas à t'investir autant.

Il la pressa contre elle et lui murmura de nouveau :

— On va doucement lui faire réaliser à ce petit bonhomme que l'homme en question est fou de sa mère. Totalement fou.

Il effleura de nouveau ses cheveux tandis que Jamie, tétanisée par son aveu, le regarda s'éloigner sans rien dire. Mais son cœur se mit à battre violemment tandis qu'elle dut se tenir à la cloison pour ne pas tomber tant ses jambes étaient flageolantes.

18

Kev passa la matinée dans sa voiture, planté devant la maison de Brichard. Il fallait qu'il trouve le moyen de le mettre dans l'embarras. Pire, il devait absolument trouver la cause certaine qui pourrait tout changer. Faire en sorte qu'on le prenne un peu plus au sérieux quand il parlait de ce dérangé du cerveau en tant que tueur potentiel. La visite chez sa mère, même si elle s'était avérée désastreuse au niveau émotionnel, le fit réfléchir un peu plus précisément sur les viols. Et si c'était ça la solution au problème ? S'il arrivait à prouver que ce pauvre type avait été abusé sexuellement, peut-être arriverait-il à le confondre devant les autorités. Car les conséquences psycho traumatiques après ce genre de torture physique et mentale pouvaient facilement, chez un esprit déjà malade, l'emporter définitivement sur les cimes de la folie homicide. Il devait y réfléchir pour que son plan réussisse. Il essaya de rassembler ses idées pour dénicher la preuve qui ferait de lui le coupable idéal. De tels traumatismes affectaient profondément l'estime de soi. Et Brichard en était un bel exemple. Tout comme sa mère, il était anesthésié psychologiquement tout en revivant constamment cette violence qu'il avait du subir. Il s'en voulut à cet instant précis de ne pas avoir réussi à trouver une quelconque assertion dans ses dossiers psychiatriques. Ces satanés docteur et leur secret médical ! s'écria t-il mécontent. Brichard était devenu un automate, un être sans aucune vitalité, complètement déconnecté de la réalité. Il vivait dans un monde parallèle dans lequel son sentiment de saleté et de honte aurait pu l'emmener à transgresser les règles. Il devait sans doute se sentir perpétuellement en danger avec ses attaques de panique et certainement aussi une irritabilité bien cachée. Trop bien cachée, soupira t-il de nouveau en colère. Il fallait que Brichard soit arrêté. Il n'avait plus beaucoup de temps pour tenter de le prouver. Mais à onze heures trente, ce satané débile n'était toujours pas sorti de chez lui lorsque le portable de Kev sonna. Il répondit à Quins qui l'invitait à se joindre à lui dans le saloon du coin. Kev hésita juste un instant. Après tout, il n'allait pas passer sa vie à attendre que l'autre enfoiré se décide à sortir. Il avait envie de se détendre un peu en déjeunant avec son ami. Il aurait le temps de continuer ses recherches sur la preuve flagrante à apporter pour que les soupçons atterrissent droit sur Brichard. Et puis qui sait ? Quins allait peut-être finir par l'écouter. Ce serait une bonne chose finalement s'il arrivait à convaincre le shérif de cette vérité. Il alluma le moteur en soufflant et se dirigea vers le lieu du rendez-vous. Il remarqua les passants à chaque fois qu'il s'arrêtait aux feux rouges. Ils étaient, à ces yeux, des campagnards aux coutumes moyenâgeuses et sans aucune élégance dans leur façon de s'habiller. Il détestait les chapeaux de cow-boy et tout l'assortiment qui allait avec. Heureusement qu'il avait trouvé à Dallas un centre commercial qui possédait des vitrines pour un shopping de haute gamme au lieu de ces éternelles chemises à carreaux sur des jeans pourris. Il traversa le marché des produits artisanaux. Il huma l'effluve des épices et faillit éternuer. Un groupe de cavaliers se tenait près d'un stand. Les chevaux étaient immatriculés pour que l'on sache exactement qui ils étaient et à qui ils appartenaient. Kev laissa ses yeux errer sur la cuisse avant gauche d'un bel étalon blanc. Le symbole du Texas, l'étoile, était apposée dessus. Deux chiffres étaient également tatoués qui représentaient l'année de naissance du cheval. Sur la cuisse arrière gauche y était inscrit le numéro de la mère et l'initiale du père sur la fesse gauche. Le feu passa au vert, il démarra. Quand il pénétra dans le saloon, vingt minutes plus tard, il fut une fois de plus saisi par le style campagnard qui finalement lui déplaisait de plus en plus. Les Texans étaient de nature simple et joviale. Cependant, il n'arrivait plus à les supporter. Il faillit heurter une jeune femme qui, dans le pays du rodéo, portait évidemment des bottes au talon biseauté. Heureusement que Jamie possédait une véritable classe et qu'elle ne se chaussait jamais ainsi. Il ne l'aurait pas supporté. Attablés devant de gigantesques morceaux de bœufs, la plupart des clients portaient ces chemises à carreaux qu'il détestait encore plus que le bandana. Un homme à la guitare était en train de finir une chanson country dans laquelle il parlait encore de bière, de filles, d'amour, de chevaux et d'amitié. Cela le lassait d'entendre toujours les mêmes paroles. Un groupe de jeunes sirotaient au goulot une bière en écoutant le chanteur country muni d'un banjo. Mais heureusement pour ses nerfs, la chanson se termina dès qu'il réussit à joindre Quins qui l'attendait au fond de la salle. Ils commandèrent rapidement un repas Tex-Mex avec enchiladas et tacos. Quins avait un air absent et Kev s'inquiéta dès que la serveuse s'éloigna pour préparer leur commande.

— Alors, lui lança t-il curieux, qu'est ce qui t'arrive ?

Quins prit une profonde inspiration puis, en fixant Kev droit dans les yeux lui répondit qu'il avait toujours été son ami et qu'il ne comprenait pas pourquoi aujourd'hui il lui avait menti.

— De quoi est- ce que tu parles ? demanda Kev tranquillement.

— Je parle de ce coup de poing que tu as asséné au psychiatre, répondit-il en murmurant méchamment.

Kev haussa les épaules et lui répondit qu'il n'avait pas voulu l'inquiéter.

— Et pourtant je suis inquiet ! répliqua sèchement Quins. Tu as perdu la tête ?

— Ecoute, il m'a énervé avec ces grands airs de monsieurjesais tout.

— Tu m'en diras tant ! Combien de fois tu m'as énervé avec ce même air... je ne pourrais même pas les comptabiliser. Je ne t'ai jamais flanqué une droite pour autant. Non, ce qui m'inquiète c'est que tu as mis des gants.

— Je n'allais tout de même pas laisser mes empreintes sur son visage de taré.

Quins attendit que la serveuse leur prépare la table et y dépose les mets demandés puis qu'elle s'en aille pour répondre vertement :

— Je ne te reconnais plus. Ton obsession pour Brichard est tout bonnement ridicule.

— Vraiment ? Un être malade qui se soigne à coups de neuroleptiques et qui a un passé certainement douteux. Mais ça on ne le saura jamais si tu continues à me mettre des bâtons dans les roues.

Mais Quins changea subitement de sujet.

— Je pensais que le jeudi était réservé à la visite chez ta mère. Tu n'y es donc pas allé ?

Kev avala un morceau de tacos et essuya rapidement la sauce qui avait commencé à dégouliner.

— J'y suis allé mais je n'y suis pas resté bien longtemps. A mon retour, je suis allé directement voir Brady. Je sais que je n'aurais pas du. Mais étant donné que personne ne me prend au sérieux sur cette affaire, je suis obligé d'agir seul.

— Comment va ta mère ?

Kev mit plus de temps pour répondre tandis que l'air de rien, Quins se mit à manger.

— Toujours pareil. Elle ne changera jamais. Je n'ai vraiment plus aucun espoir de ce côté là.

— Tu veux qu'on en parle ?

— Non.

Quins attrapa sa bouteille de bière et en but une gorgée au goulot.

— Si j'ai voulu te voir c'est que je veux être le premier à te mettre au courant. Kev, ta mère est morte.

Kev leva les yeux sur Quins. Il ne savait pas trop ce qu'il venait de ressentir devant cette affirmation. Un mélange de douleur et de délivrance. Il eut la force de bégayer :

— Mais quand ? Comment ?

— Hier à midi, des gens du quartier ont vu un homme en smoking descendre en voiture le chemin qui menait dans la forêt, à l'endroit précis du lieu de résidence de ta mère.

— Oui, c'était moi. Je t'ai dit que j'y suis allé.

— Ils ont revu la voiture partir deux heures après dans un crissement de pneus assez perturbant pour leurs pauvres nerfs.

Kev jeta la serviette sur la table et en fronçant les sourcils il sentit la colère monter en lui.

— Et puis après, qu'est-ce-que ça peut bien leur foutre ? Il n'y en a jamais eu un qui s'est proposé volontaire pour voir si elle n'avait besoin de rien durant toutes ces années. Je suis le seul à m'être occupée d'elle. A m'inquiéter pour elle. Alors qu'ils ferment leur grande gueule !

— Kev, reprit Quins sur un ton plus doux tout en le fixant, ce que j'essaie de dire c'est que ta mère a été assassinée. Elle est morte Kev. *Assassinée.* L'une de ces personnes s'est rendu sur les lieux ce matin car l'homme qu'il avait vu partir la veille semblait très en colère. Et en plus il avait vu l'homme jeter quelque chose. C'était un marteau. Un marteau plein de sang. Il a appelé immédiatement la police. Tu comprends ce que je dis ?

— Mais qui aurait voulu s'en prendre à elle. Elle n'avait pas un sou. C'est moi qui lui apportais ses vivres, toutes les semaines.

— Tu les lui as apportées hier aussi ?

— Comme tous les jeudis.

— Et tu as tout rangé je parie, d'une manière très ordonnée dans les placards miteux de cette vielle baraque pourrie.

Kev d'un bond se leva. Il pointa un doigt menaçant sur Quins en lui ordonnant d'employer un autre ton. Lui même pouvait se permettre de critiquer la maison de sa mère mais il ne tolérerait pas qu'un autre se permette de le faire. Il se rassit lourdement, les joues en feu et la colère qui n'arrivait pas encore à s'éteindre. Quins décrocha son téléphone et écouta son interlocuteur tout en dévisageant Kev qui regardait au loin sans réagir. Était-il en état de choc ou venait-il simplement de prendre conscience de ce qu'impliquait sa visite chez sa mère ce jour là ? Puis en fermant les yeux et en lançant un soupir résigné, Quins demanda à Kev de le regarder. Le shérif avait les yeux humides comme s'il était sur le point de pleurer. Ce fut d'une voix brisée qui dénotait un peu avec sa puissante carrure maintenant voûtée qu'il lui dit :

— Je t'aime comme un fils. Je t'ai vu grandir durant toutes ces années. J'ai apprécié chaque instant passé en ta compagnie. J'ai assisté à toutes tes confidences. C'est sans doute pourquoi je vais te laisser une porte de sortie. Tu peux encore te confier à moi. Je peux encore t'aider.

— Arrête ton char, je vais pleurer. Qui c'était au téléphone ? continua t-il d'un air arrogant.

— Mon adjoint qui a obtenu un mandat pour que l'on fouille ton véhicule. Il est à l'extérieur avec une troupe d'élite.

— Un mandat pour fouiller *ma* voiture ? rétorqua t-il l'air furieux.

— Et le coffre est rempli de victuailles. Kev, tu es allé chez ta mère hier pour lui apporter sa nourriture. Mais tu ne la lui as pas donnée. Ses placards étaient vides et les courses que tu as faites hier matin sont encore dans ton coffre. Alors je te le demande : que s'est-il passé quand tu es allé voir ta mère ?

Mais Kev n'en revenait pas de s'être laissé piéger par son ami. Il le lui dit d'ailleurs avec colère.

— C'est pour ça que tu voulais me voir ? Pour me faire sortir de ma voiture et pouvoir tranquillement la perquisitionner. C'est vachement bien ça pour un type qui se dit mon ami ! Pourquoi n'es-tu pas venu me demander les choses au lieu d'agir comme un sale traître !

— Je suis ton ami. Je l'ai toujours été. Tu ne sembles pas avoir saisi toutes les implications de cette affaire. Kev, tu es le suspect numéro un dans le meurtre de ta mère. Tu es même le seul suspect.

Kev sentit alors un fort nuage gris venir envahir son esprit. Dans la tourmente de cette révélation, il avait l'impression de se débattre dans un brouillard épais. En fait, le choc l'avait littéralement cloué sur place. Mais Quins continuait de parler.

— Dans ces circonstances, tu comprends que je doive te mettre en état d'arrestation. Tu auras le temps de t'expliquer.

La voix du shérif s'était affaiblie au fur et à mesure qu'il avait parlé. Il en aurait pleuré des larmes de rage et de désespoir s'il ne s'était pas tenu à faire son métier. Arrêter un suspect. Il n'arrivait pas à comprendre lui même ce qu'il se passait. Jamais il n'aurait pu songer à son ami comme à un homme capable d'un tel crime. Bien sûr Kev pouvait se montrer violent dans ses paroles et dans ses actes. Mais le voir comme un criminel potentiel était plus que sa raison ne pouvait en supporter. Kev finalement reprit ses esprits et ne laissa pas à Quins le temps de réagir. Il souleva la table violemment, laissant tomber les couverts et la nourriture dans un fracas étourdissant. Quins se rattrapa à son siège pour ne pas recevoir la carafe d'eau sur la tête. Il arriva même, dans un geste réflexe, à empoigner la veste de Kev qui était sur le point de s'enfuir. Mais ce dernier lui asséna une droite encore plus spectaculaire que celle qu'il avait donnée à Brady. Quins étourdi par la force du coup de poing chancela et s'écroula à terre. Kev en profita pour quitter les lieux au plus vite.

19

Au commissariat, ce fut le branle bas de combat. Tous les policiers connaissaient Kev et aucun ne pouvait imaginer le voir impliqué dans une affaire de meurtre. Encore moins celui de sa mère. Sa vie privée avait toujours été un secret de polichinelle. Tout le monde savait qu'il avait été quasiment adopté mais qu'il n'avait jamais oublié, et ce depuis ses sept ans, d'aller rendre visite à sa mère alcoolique pour lui apporter sa dose de bières et sa nourriture pour la semaine. Tous les jeudis, depuis maintenant vingt cinq ans, il avait droit à son congé hebdomadaire. Sauf cas de force majeur. Quins avait plus d'une fois eut envie de l'accompagner lors de ses expéditions. Voir un enfant aussi jeune parcourir des kilomètres en car, un grand sac de provisions à la main, l'avait toujours inquiété. Il ne voulait même pas imaginer les mauvaises fréquentations qu'il pouvait faire. Mais Kev avait toujours empêché qui que ce soit de l'accompagner. Il n'avait jamais voulu abandonner sa mère même s'il savait que sa présence auprès d'elle était autorisée par le seul fait qu'il n'oubliait jamais sa dose d'alcool. Même la famille MacProty qui l'avait quasiment élevé n'avait pu réussir à le forcer d'être accompagné par un adulte. C'était un contrat passé avec eux et ils l'avaient toujours respecté. Kev restait le fils de Miranda Carst officiellement et ils n'avaient pas leur mot à dire. Pour l'heure, l'adjoint de Quins se déchaînait au téléphone pour tenter de joindre le Juge de la cour supérieure de Huntsville dans le but d'obtenir un mandat de perquisition au domicile de Kev. Il n'avait pas le temps d'attendre que n'importe quel juge se décide en deux jours à lui accorder ce qu'il voulait. C'est pourquoi il avait réussi finalement à avoir au bout du fil le juge Carter, l'un de ses amis qui pourrait accélérer un peu les choses. Quins se tenait la tête en proie à une déprime qui lui tenaillait le crâne. Dans sa douleur physique et émotionnelle il n'arrivait pas à comprendre ce qu'il venait de se passer. L'adjoint parla au juge sans discontinuer en affirmant sous serment que Kev avait *sans doute* tué sa mère d'un coup de marteau et qu'il devait absolument l'arrêter ou tout du moins perquisitionner à son domicile. Mais le juge ne se montra pas pressé d'accéder à son désir. Il exigea la preuve qu'une enquête sérieuse était en cours avant d'entamer une violation aussi importante de la vie privée d'un agent fédéral. L'adjoint répéta qu'il faisait une déclaration sous serment en lui parlant des motifs raisonnables et probables qu'il trouverait *sans doute* des preuves à son domicile en attendant qu'il soit arrêté.

— Nous n'avons pas le temps de déposer l'affaire devant un Jury d'accusation, continua t-il précipitamment, parce que même s'il est présumé coupable, il doit être arrêté immédiatement.

Le juge réfléchit une seconde. Le scandale d'une telle affaire le préoccupait. Un commandant de FBI soupçonné de meurtre et il allait avoir tous les médias à ses trousses. Ce fut d'une voix froide qu'il répondit à son ami :

— Fais en sorte que le procureur fédéral adjoint me demande d'émettre un mandat fondé sur ta déclaration sous serment. Si je reçois l'Acte introductif d'instance sur lequel seront donnés de manière précise les éléments essentiels de l'inculpation, tu auras ton mandat dans l'heure. Je ne peux être plus rapide. Cependant je tiens à préciser ceci : la procédure doit rester secrète. Alors pas de fuite au niveau des médias pour le moment. Si jamais la perquisition se révèle payante, ne me demande pas une mise sous scellé. Le mandat deviendra public.

L'adjoint remercia puis raccrocha. Il fit ce qu'on attendait de lui et patienta juste une heure avant de recevoir l'e-mail de confirmation. Mais Quins n'avait pas attendu que l'heure passe pour se rendre devant le domicile de Kev. Il resta positionné dans sa voiture en attendant de recevoir le feu vert. D'autres policiers attendaient également. Puis, lorsque son adjoint l'appela pour lui dire que tout était ok, il sortit de sa voiture le cœur gros. Mais l'envie de savoir était la plus forte. Comprendre lui était aussi nécessaire. Ils pénétrèrent chez Kev à quatorze heures tapantes. L'appartement était lumineux car Kev avait laissé les persiennes ouvertes. La lumière y entrait en laissant sur les murs des rais de couleurs brillantes. L'entrée, spacieuse, était tout en bois et en parquet. Sur le côté gauche se dressait un mini jardin de bonsaïs agrémentés de galets noirs et gris. L'un des policiers se hâta de fouiller ce côté de la pièce. Les autres s'éparpillèrent. L'exploration commençait. Chaque coin était minutieusement vérifié. Chaque tiroir ausculté. Tout y passa : sous les tapis, sous les matelas, derrière les tableaux, dans les vases... Durant près d'une heure tout l'appartement fut retourné. Rien de probant ne sortit comme par miracle et Quins pestait car il en était au même point que plus tôt dans la journée. Qu'était-il arrivé à son ami pour qu'il décide de mettre fin à l'existence de sa mère. Etait-il réellement coupable ? Des témoins l'avaient vu. Et puis... il s'était enfui. L'aveu de culpabilité était aussi puissant que s'il l'avait vu faire. Il avait tué sa mère. Quins pensa alors que sa mère ne s'était pas gênée durant toutes ces années pour tuer son fils à petit feu. Peut-être que ce geste était tout simplement le fruit d'un ras le bol, une façon de régler ses comptes avec elle une fois pour toute. Laissant les policiers poursuivre leur tâche dans tout l'appartement, Quins se dirigea dans la cuisine pour se servir un verre d'eau. Il ne pouvait tout simplement pas participer aux recherches. Il ressentait cela comme une trahison envers son ami. Il se contenta de s'asseoir lourdement sur un haut tabouret et posa les mains sur la table. La mère, pensa t-il, la référence, celle par qui sa vie bancale a commencé. Mais il n'arrivait pas à se concentrer. Il n'était pas psychiatre ni philosophe et de ce fait, ses pensées restaient coincées sans lui fournir la moindre explication. De guerre lasse, il se décida à appeler Jamie Cartwright. Il n'allait pas lui dire ce qu'il se passait. Mais il pouvait toujours lui demander son avis sur un cas. Il avait pensé subitement à elle lorsque l'un de ses souvenirs avait refait surface. *«Le croyez-vous capable de tuer quelqu'un?»* lui avait-elle demandé. Il s'était énervé ce jour là car Kev venait de lui annoncer tout son intérêt pour la jeune femme. Il se souvint de son hésitation lorsqu'elle lui avait posé la question. Elle *doutait*. En tant que psychiatre, aurait-elle décelé chez Kev ce petit quelque chose de dangereux que lui même n'avait pas vue ? A la troisième sonnerie, Jamie décrocha. Elle fut surprise d'entendre le commissaire à l'autre bout du fil. Il venait la déranger alors qu'elle était tranquillement chez elle, allongée sur le fauteuil se remémorant avec extase les dernières paroles de Kev. Elle était en train de se demander si elle n'était pas en train de tomber amoureuse de lui. Naturellement, elle répondait non à chaque fois que ses pensées l'entraînaient dans cette direction. Elle préférait s'avouer que leur parfaite entente n'était que sexuelle. Elle en était là de ses réflexions lorsqu'elle fut surprise par Quins qui lui parla sur un ton hésitant :

— Je m'excuse de vous déranger madame Cartwight. Mais j'ai besoin de vos lumières concernant l'un de nos suspects sur... un meurtre.

Jamie se releva et se mit en position assise sur le fauteuil tandis que Quins continuait:

— Vous avez des notions en psychologie qui me font défaut. Et j'aimerais comprendre. Auriez-vous un moment à m'accorder ?

Jamie lui assura que oui puis lui demanda de se montrer plus explicite.

— Et bien voilà, nous sommes sur le point d'arrêter un homme qui a tué sa mère. Je n'arrive pas à comprendre pourquoi cet homme a pu faire une chose pareille.

— Il a sûrement déjà été soigné pour des troubles schizophrènes ou autres...

— Non non, coupa Quins. Je connais personnellement cet homme. Il fait partie de mon clan d'amis vous comprenez. Jamais il ne m'a donné une occasion de penser qu'il était... dérangé. Mes autres amis d'ailleurs sont aussi abattus et surpris que moi devant son geste.

— Vous voulez comprendre pourquoi un homme en est réduit à faire ça ?

— C'est le but de mon appel, oui.

— Et bien, je devrais le rencontrer pour me faire une idée précise du personnage. Mais je peux vous dire ceci en attendant: il devait certainement avoir des comptes à régler avec elle. Les griefs contre sa mère étaient présents dans sa vie sans que ses amis en soient avertis. C'est un problème familial qui ne nécessitait pas le besoin d'en parler. Mais ce conflit a été refoulé. La mère comment était-elle ?

— Toxique, malveillante ! s'écria Quins sur un ton presque passionnel qui intrigua Jamie.

— Il aurait été salutaire d'imposer une séparation physique entre les deux personnes. Et poursuivre avec une séparation psychique. Il aurait du faire une thérapie. Elle n'aurait pas réussi à lui faire oublier les blessures qu'il a du subir mais cela lui aurait permis de les cicatriser. Mais, d'après ce que vous me dites, il n'a pas pu ou pas voulu se décharger de ce fardeau visiblement trop imposant pour lui en en parlant simplement. Il devait être en colère, une colère trop longtemps contenue qui s'est retournée finalement vers la cause de son état mental, c'est à dire sa mère. Peut-être était-ce le seul moyen pour qu'il soit en paix avec elle. Une thérapie lui aurait permis de lui faire porter un autre regard sur elle tout en acceptant le fait qu'elle était ce qu'elle était et que rien ne pourrait la changer.

— Il a suivi une thérapie. Il y a quelques années.

— Elle n'a pas été assez suivie car en pratique, cela aurait pu lui permettre de transformer sa rancœur en compréhension, base de toute réconciliation.

— Mais s'il est déclaré fou, il ne risque pas la prison n'est-ce-pas?

La voix de Quins était tremblotante. Jamie fronça les sourcils. Au même moment deux policiers pénétrèrent dans la cuisine et commencèrent à vider les tiroirs et ouvrir les placards. Jamie entendit un léger vacarme au loin mais se contenta de répondre calmement qu'il pouvait y avoir irresponsabilité pénale au sujet des malades mentaux. Il risquerait donc une mise sous tutelle dans un hôpital psychiatrique jusqu'au moment où on le déclarerait mentalement capable d'être remis en liberté, si c'était possible bien sûr.

Jamie fut intriguée par le bruit d'un tiroir qui venait de tomber dans la pièce où se trouvait Quins. Elle entendit parfaitement le bruit de lames venir se fracasser sur le sol.

— Mais où êtes-vous ? lui demanda t-elle intriguée.

—Chez le suspect.

— Qui est-il donc ?

Quins mit moins de dix seconde pour lui répondre qu'elle le connaissait très bien. Au même moment, l'un des policiers lança au commissaire d'une voix étranglée qu'il venait de trouver quelque chose. Quins se détourna vers le policier qui lui tendit un doigt vers le congélateur. Quins lâcha le téléphone et se dirigea devant l'appareil. Intrigué, il ouvrit la porte du congélateur que le policier avait lâchée. Ce qu'il découvrit le figea d'horreur. Tous ses doutes, tous ses espoirs prirent fin immédiatement après la vision d'une tête coupée, ensanglantée, qui était posée comme un trophée dans le haut du congélateur. Pris d'une envie de vomir, il arriva à se maîtriser et s'avança d'un peu plus près. Les yeux du trophée étaient ouverts et tenus en respect par des clous. Sur sa tête, une bougie en forme de quatre était fièrement posée. Quins se demanda pourquoi subitement la tête du docteur Brady se trouvait dans le congélateur de son ami. Jamie, qui n'avait toujours pas raccroché, entendit le long râle du commissaire quand il lança un «NOON !» de stupeur et d'effroi.

Pendant ce temps, le tueur se disait qu'il manquait quelque chose à son tableau de chasse. Il devait s'avouer que tout ne s'était pas passé comme prévu. Mais à bien y réfléchir, il avait trouvé que cette nouvelle perspective n'était pas un échec en soi. Après tout, un peu d'imprévu ne pouvait pas le desservir. Il était trop intelligent pour s'en faire. Il allait devoir s'organiser autrement. Les femmes trop facilement influençables ne lui soufflaient plus aucun désir. Avoir arraché la tête du docteur par contre avait été puissant. Il devait encore passer à la vitesse supérieure. Leur montrer, à tous, à quel point son génie prédominait sur le commun des mortels. Le problème, soupira t-il, c'est que personne ne saurait jamais que c'était lui le maître. Repu de ses pensées, il s'allongea sur le fauteuil et s'endormit.

20

Geoffrey Brichard fut réveillé en sursaut par des coups redoublés sur la porte. Il se leva d'un bond, paniqué à l'idée que quelqu'un avait manifestement envie d'entrer chez lui. Il tourna sur lui même, ne sachant quelle direction prendre tant l'angoisse d'une telle éventualité l'avait assailli. Quand il entendit la voix d'un homme lui ordonner d'ouvrir, il fut de suite saisi par le fait qu'il devait obéir. Après tout, il avait passé sa vie à faire ce qu'on lui disait de faire. Tremblant de tous ses membres, les yeux infectés de tics nerveux, la main tremblotante, il réussit tout de même à ouvrir la porte. Kev se tenait devant lui. Il ne lui laissa pas le temps de le laisser entrer car il pénétra de lui même et violemment dans la petite maison en poussant Geoffrey de ses deux mains. En les saisissant, il les agrippa dans le dos de l'homme qui se mettait à lancer des gémissements de peur tout en lui disant qu'ils devaient parler. Brichard hocha la tête. Il devait obéir. Il l'avait toujours fait. Finalement, Kev le relâcha et le poussa sur le fauteuil. Il dégaina son arme et la pointa devant les yeux horrifiés de Brichard au bord de l'évanouissement.

— Maintenant écoute moi bien espèce de pourriture, tu vas me dire exactement ce que tu es en train de faire. Pourquoi me harcèles-tu ?

Brichard ne comprit pas un mot de ce que lui demandait cet homme étrange. Il l'avait déjà vu. Mais il eut beau se creuser les méninges, il n'arriva pas à mettre un nom sur ce visage. Il se permit toutefois, d'une petite voix timide, de lui demander s'ils se connaissaient tous les deux. Kev lui répondit d'une voix blanche :

— Mais tu te fous de moi en plus !

Il pointa son arme tout en s'avançant vers lui.

— Non non, cria Brichard affolé. Si vous dites que nous nous connaissons, c'est que nous nous connaissons. Mais... c'est juste que... j'ai la mé... mé... moire qui flanche de temps en temps.

— Arrête de jouer les débiles devant moi. Tu sais pourquoi je suis venu ?

— Non monsieur, répondit-il en tremblant de nouveau.

— Je suis venu pour te tuer.

Brichard le regarda sans comprendre. Son attitude avait l'air si sincère que Kev un moment fut prêt à croire qu'il se trompait. Surtout lorsque Brichard lui demanda d'une voix naturelle où l'innocence jouait avec la franchise, ainsi qu'une touche de curiosité :

— Mais... pourquoi ?

Kev complètement désarçonné baissa lentement son arme. Il secoua la tête tout en regardant l'homme scotché contre le fauteuil et sur le point de fondre en larmes. Kev alors se retourna, prêt à partir. Il avait joué et à l'évidence il avait perdu. Brichard n'était pas l'homme qu'il soupçonnait. Il attrapa la poignée, sur le point de partir mais la porte resta bloquée. Il insista plus fortement. Il entendit alors une voix d'homme derrière lui lancer d'une voix autoritaire :

— J'ai un système de sécurité d'une performance incroyable. J'ai appris ça d'une bande de... j'allais dire copains mais faut pas exagérer. D'une bande de voyous. La porte restera fermée.

Kev se retourna. Brichard cherchait quelque chose dans sa veste. Kev était prêt à dégainer de nouveau son arme mais il eut la surprise de constater que le type en face de lui en avait sorti un peigne. Tranquillement, il se recoiffa. Il apposa ses cheveux en arrière en tirant sur les mèches. Puis, satisfait, il remit le peigne dans la poche et se décida à ôter sa veste. Interdit, Kev le regarda faire pendant qu'il se débarrassait de son linge.

— Regardez un peu comme il s'habille ce type. C'est navrant, ne trouvez-vous pas ? Une veste en tweed ! Mais qui en porte de nos jours ? A part les abrutis comme lui !

Il jeta la veste à travers la pièce puis s'assit sur le fauteuil tout en désignant celui d'en face et, d'un geste de la main, inviter Kev à en faire autant. Ce dernier eut la nette impression de ne plus avoir Brichard devant lui : le fait de s'être coiffé, d'avoir ôté la veste miteuse et de parler d'une manière élégante l'avait totalement transformé. Kev décida de s'asseoir. De toute façon, il n'avait pas d'autres choix que celui de comprendre ce qu'il se passait dans sa vie depuis quelque temps. Ce Brichard lui ressemblait physiquement. Maintenant, la chose lui paraissait flagrante.

— Qui êtes vous ? lui demanda t-il simplement.

L'homme ricana puis répondit d'une voix suave :

— Je m'appelle Birdy. Au départ, j'avais du mal à sortir mais maintenant je sais comment m'y prendre. Il suffit que l'autre abruti panique et... je suis sa seule porte de sortie. Il est faible alors je dois me montrer fort. Il m'a invité. Pour le remercier, je lui rends service.

— Je ne comprends rien à ce que vous dites.

— C'est parce que vous n'écoutez pas. Vous êtes borné. Vous êtes faux et ridicule. Et même plus que cela. Vous êtes le mal personnifié. Vous l'avez tant fait souffrir. A mon tour de vous faire souffrir. N'y voyez rien de personnel entre vous et moi. C'est pour lui que je le fais.

— Je ne capte vraiment rien. Vous le faites exprès ?

Le type tapota sur son pantalon droit à la recherche d'un atome de poussière tout en redressant ses épaules et lui répondit narquois :

— Jamais Jason ne pourrait vous faire de mal. Il a trop peur. Il vit constamment dans la peur. Brichard lui ne comprend pas cette souffrance. Il essaie de l'étouffer en avalant des tas de médicaments qui lui gâtent le cerveau. Finalement, ce n'est pas une mauvaise chose qu'il se croit fou. Cela me permet de mieux le contrôler.

— Comment le contrôlez-vous ?

— En prenant le contrôle, quelle question ! Il dort en ce moment. Et je prends sa place. C'est une douce libération que de pouvoir s'exprimer autrement que par des voix enfermées dans sa tête.

Kev déglutit en lui demandant pourquoi il avait parlé de Jason. De qui parlait-il ? Le type eut un rire méprisant. Il se leva. Kev en fit autant.

— Je parle de ton frère, salaud ! Il m'a tout raconté, tu sais. Pendant que l'autre abruti de Brichard essaie de vivre en nous oubliant, moi et Jason nous continuons à nous parler. Il sait que tu l'as abandonné. Mais sais-tu à quel point ton abandon l'a fait souffrir ? C'est à moi de le venger. Pour lui faire plaisir.

Kev ne supportait pas d'entendre parler de son frère mort. Ce malade devant lui n'avait aucun droit de lui parler de la sorte. Après ce qu'il venait de se passer dans le salon avec Quins, son humeur était à l'agressivité. Et ce type lui tapait sur les nerfs. C'est pourquoi il se mit à hurler :

— Ne me parlez plus de JASON !

Brusquement, l'attitude du type en face de Kev changea. Il se recroquevilla sur lui même et passa la main dans ses cheveux. Il se gratta la tête puis coinça ses mains dans ses genoux lorsqu'il se rassit sur le fauteuil en se balançant. Ce fut d'une voix de petit garçon qu'il se mit à lui répondre :

— Tu m'appelles ?

Kev le regarda, effaré et effrayé tout à la fois.

— Dis, pourquoi tu m'appelles ? Tu veux encore que je te suce ? Mais je l'ai fait y a pas longtemps. T'as dit que je pourrais dormir après.

Kev devint subitement pâle. Ses jambes ne pouvaient plus le retenir. Il se jeta sur le fauteuil pendant que la voix du petit garçon reprenait :

— Je te connais pas. Tu veux être mon ami ? Tu veux jouer avec moi ? Je joue jamais tu sais.

Après avoir dégluti, Kev se murmura à lui même :

— Mais qu'est ce que c'est que ce bordel ?

Il vit alors Brichard, toujours dans une attitude de petit garçon, lui faire un petit coucou de la main. Les yeux de Kev se mouillèrent de larmes ininterrompues après qu'il eut reconnu dans ce geste et dans la voix, son frère disparu. Ou alors il devenait fou lui même ou alors ce grand dadais devant lui... Non, ce n'était pas possible.

— Dis-moi Jason, sais-tu qui je suis ?

Il secoua la tête dans un pur signe de dénégation.

— Je m'appelle Kev Carst.

La voix du petit garçon reprit en faisant la moue :

— Oh j'avais un ami qui s'appelait Kev. Mais il existait pas. Je lui parlais et il me répondait mais il m'a laissé partir avec un méchant monsieur et depuis il ne me parle plus.

— Tu es sûr que c'est lui qui t'a fait du mal ?

— Oh oui, je lui ai fait coucou, il a fait coucou et après il a plus été là.

Subitement, la voix du petit garçon céda la place à celle plus masculine. La tête de Brichard partit en arrière et quelques secondes après il se jeta sur Kev les yeux en feu:

— Je t'interdis de venir déranger le petit garçon !

Kev essaya de se débattre pendant que Brichard lui serrait le cou. Il eut la force de dire à Brichard de se calmer et, comme s'il n'attendait que ça, Brichard redevint lui même. Il se tapa le crâne de sa main droite et comme s'il venait de se réveiller bailla à se décrocher la mâchoire.

— Euh... pardon... je ne sais plus de quoi nous parlions... c'est que... je perds la mé... mémoire de temps en temps.

Kev se frotta le cou. Puis lentement il se leva. Il essaya de sortir de la pièce mais la porte était véritablement bloquée. C'est alors qu'il reçut un coup dans le dos qui le força à plier les genoux.

— Tu n'as pas compris encore que l'araignée a attrapé la mouche ? lui cria le type en lui assénant un coup de coude sur les tempes. Tu es devenu le suspect numéro 1 dans cette histoire de connasses qui se sont fait trucider. J'ai adoré entendre leurs voix me supplier d'arrêter. Je croyais que cela me convenait.

Kev allait se relever mais il reçut un autre coup en plein visage qui le fit basculer une fois de plus à genoux. Le type s'acharnait sur lui.

— Ce qui me convient maintenant c'est de te voir endosser tous ces meurtres et de crever sur la chaise électrique. C'est moi qui ai laissé l'empreinte de ta chaussure. C'est moi qui ai remis les courses que tu avais si gentiment apporté à *ta* mère.

Un autre coup, tout aussi brutal projeta Kev contre le mur.

— Un jeu d'enfant d'attendre que tu t'endormes pour tout remettre dans ton coffre. Tu auras payé cher le fait d'avoir été le chouchou à sa maman alors qu'elle détestait ton frère. Ton frère qu'elle a VENDU à des enfoirés de pédophiles.

Kev qui se sentait faiblir devant la surprise des coups et de leur violence réussit cependant à prendre son arme.

— Vas-y tire !

Kev ne se le laissa pas dire deux fois. Il tira mais le type riait toujours.

— Tu me prends pour un débutant ? Je sais tout de toi. J'entre chez toi quand bon me semble. Alors les balles d'un revolver... cela ne me pose aucun problème de l'enrayer.

C'est alors que Kev se mit à hurler JASON ! Ce dernier réapparut comme par enchantement. Il s'approcha de Kev et de sa toute petite voix d'un enfant de quatre ans lui dit qu'il était blessé. Il prit son mouchoir dans sa poche et tendrement lui tapota le visage pour lui ôter le sang.

— T'as pas trop mal ?

— Non Jason, tu m'aides beaucoup.

— Retourne chez toi Jason se mit à crier le type d'une voix forte et Brichard de répondre d'une voix enfantine qu'il voulait rester jouer avec son nouvel ami.

Kev, les yeux enflés et la tête bouillonnante, le dos appuyé sur le mur, regardait, interdit, se jouer devant lui une scène d'horreur pathétique. Une même personne se parlant à elle même comme si elles étaient deux. Puis une troisième arriva. Une voix de femme qui demandait à ces deux garnements de se taire car leurs voix l'empêchaient de se concentrer sur une histoire qu'elle aurait voulu lire à ce gentil monsieur. Un quatrième personnage prit ensuite le relais en balayant les trois autres à tour de rôle. Il disait qu'il était pasteur et que la violence n'avait jamais arrangé les choses. La dispute dura trois minutes. Mais Kev ne put profiter de cet avantage car il était trop sérieusement blessé. Finalement ce fut le véritable Brichard qui revint en bégayant et en se demandant ce qu'il se passait dans sa tête. Il porta ses mains d'ailleurs sur ses tempes en criant d'arrêter. Kev crut sa dernière heure arriver. Il allait se vider de son sang qui commençait à gicler de sous sa chemise. Le type lui avait planté un couteau avant que le cirque ne commence entre tous les personnages qui habitaient Brichard. Il porta la main à son ventre, désespéré à l'idée de mourir en songeant que son nom allait être donné en pâture aux plus grands criminologues qui tenteront d'expliquer pourquoi il avait tué toutes ces femmes. Et sa mère. Il murmura faiblement un «Ce n'est pas moi» puis il sentit sa vision diminuer puis se baisser. Avant qu'elle ne disparaisse tout à fait, le type bien coiffé arriva droit sur lui en lui murmurant qu'il allait crever. Il aurait préféré que ce soit sur la chaise mais bon... il y avait des jours où il fallait bien avouer qu'on ne faisait pas toujours ce que l'on voulait. La seconde d'après la porte s'ouvrit dans un fracas étourdissant. Kev n'eut même pas le temps d'apercevoir Jamie courir vers lui. Il avait déjà sombré dans l'inconscience.

21

Jamie se trouvait devant le procureur adjoint du district. Elle avait consenti à donner son avis de professionnelle au sujet de Jason, alias Brichard. Elle ne voulait pas qu'il soit reconnu pénalement irresponsable car elle redoutait de le voir sortir un jour ou l'autre. Il avait massacré trois jeunes femmes, la mère de Kev et un psychiatre. Et il avait failli tuer Kev. Il devait payer pour ses crimes.

— Jason alias Brichard a ce qu'on appelle un trouble dissociatif de l'identité ou trouble de la personnalité multiple. Pour ne pas sombrer dans les détails, imaginez son moi complètement éclaté à cause d'abus qu'il a subis durant son enfance. Des abus sexuels notamment, d'une extrême violence et d'une cruauté sans pareille. Il nous les a détaillés lors de sa parution.

— Il est malade ? voulut résumer le procureur.

Mais Jamie ne pouvait pas donner raison à l'avocat commis d'office. Elle savait trop ce que cela risquait d'engendrer pour la suite.

— Cet éclatement du moi est du à ces sévices qu'il a préféré refouler car c'était trop violent pour lui de vivre avec dans sa réalité. A partir de là, ces abus ont été confortés et non pas anéantis, c'est cela qui a engendré les nombreuses personnalités. Je tiens à signaler que des personnes sont atteintes de ce mal, plus que vous ne le croyez. Une thérapie peut les aider à se sortir de cette vie effroyable car c'est un éclatement du moi tellement intense que la personnalité apparaît comme cassée en morceaux à l'intérieur d'un même corps.

— Etait-il au courant de posséder autant de personnalités diverses ? insista l'avocat.

— Les différentes personnalités qui resurgissent ne sont pas forcément au courant de leur coexistence dans le même corps. Chacun croit être unique. Mais dans le cas qui nous occupe ils se connaissaient. Seul Brichard ignorait leur existence, même s'il entendait leurs voix dans sa tête. Dans ces conditions le temps qui passait était effrayant pour Brichard car durant le temps où il était autre, il croyait qu'il devenait fou ou qu'il perdait la mémoire car il ne se souvenait de rien. Le temps qui passe est perdu pour les autres personnalités pendant que l'une d'entre elles apparaît. Certains des patients que nous avons analysés ont une image peu favorable d'eux-mêmes puisque souvent on peut les accuser de mentir alors qu'ils ne mentent pas. Ils ne se souviennent tout simplement pas que l'une de leur personnalité ait dit ou fait certaines choses. Ils nient mais pourtant ces choses ils les ont faites mais sous une autre personnalité.

— Il a dit qu'il avait des pertes de mémoire.

— Les personnalités multiples ont du mal à expliquer leur propre comportement puisque de toute façon ils n'ont aucune idée de ce qu'ils ont fait ou dit à un moment donné. Ils ne peuvent tout simplement pas croire qu'une chose soit vraie si elle va à l'encontre de leurs sentiments ou de leurs valeurs. Brichard est persuadé qu'il n'a commis aucun méfait. Il les a pourtant commis. Il sait qu'il a des trous de mémoire mais il ne sait pas que ces blancs dans sa vie sont dus au fait qu'il y a d'autres personnalités en lui.

— Alors l'éclatement du moi... c'est considéré comme une maladie mentale ?

— En fait, nous avons tous la capacité de dissocier. Nous passons notre vie à le faire, tous. Nous adoptons un comportement différent selon que l'on soit au travail ou à la maison. Il y a aussi notre «Moi» en famille, notre «Moi» en sortie. Nous avons tous différentes personnalités à l'intérieur de nous mais la différence c'est que nous en avons conscience. Les formes extrêmes d'abus physique et psychologiques permettent malheureusement de développer ce qui n'est rien d'autre qu'une capacité de se défendre. Le petit Jason avait besoin d'un homme fort sur lequel compter, Birdy par exemple. Jason ne savait pas comment s'enfuir de telles situations stressantes et traumatisantes donc il s'est crée un alter ego qui l'a suivi durant toutes ses années. C'était son seul recours.

— Madame Cartwight, ce que j'aimerais savoir...

— Je sais ce que vous voulez savoir. Alors écoutez bien. Des tas de personnes souffrent de troubles de l'identité. Je vous ai dit que ces troubles peuvent être traités et un pourcentage non négligeable des patients réussissent grâce à la thérapie à «recoller les morceaux» de leur moi éclaté. Ils peuvent guérir. Mais ces personnes souffrent. Elles n'ont rien fait de mal. Lui au contraire a massacré des jeunes femmes, entre autres. Il l'a fait en toute connaissance de cause. Car Birdy c'est lui. Jason, c'est lui aussi. Ainsi que toutes les personnalités présentes. Ce ne sont pas des entités qui prennent possession de son corps. Il n'est pas habité par des esprits démoniaques. Il a tué avec méthode et sang froid et il a manigancé un plan pour faire porter le chapeau à un autre. Il avait conscience de ses actes. Il est pénalement responsable. Car l'hôte principal ce n'était pas Brichard comme on l'avait supposé mais Jason Birdy. Brichard n'est qu'une personnalité déviante de Jason Birdy.

Le procureur hocha la tête et lui dit qu'elle avait bien changé. Auparavant, elle était une fervente opposante à la peine de mort. Elle répliqua sèchement qu'elle l'était toujours mais qu'elle refusait de laisser une chance à Birdy de retrouver un jour une vie loin d'un lieu sûr qui saura protéger les personnes de ses actes futurs. Il avait commis des crimes en toute connaissance de cause. Même s'il ne s'en souvenait pas, même si c'était effectivement le cas, c'était lui qui les avait perpétrés. Il n'était pas un malade que l'on pouvait guérir. Elle préférait qu'il se tienne éloigné de la société et seule la prison avait ce pouvoir. Un asile psychiatrique était une porte de sortie dans un futur peut être pas si lointain et elle refusait de l'imaginer.

— Car, insista t-elle, l'hôte principal est Birdy. Le gentil névrosé Brichard est un sous produit. Un simple dérivé.

— De toute façon, lui dit le procureur, le condamner à mort n'est pas le tuer. Il passera bien trente ans avant que la décision de passer à l'acte ne se réalise vraiment. Vous savez comment cela se passe.

— Il doit être suivi.

— Il le sera. Madame Cartwight, nous avons très bien compris. Un traitement lui sera donné et si l'avocat est d'accord il plaidera coupable et il sera interné à vie.

L'avocat hocha la tête. Toutes les parties semblaient satisfaites de la solution proposée.

22

Après la séance, Jamie n'eut qu'une hâte : retourner auprès de Kev et attendre qu'il se réveille pour lui annoncer la nouvelle. Elle ressentait le besoin de s'occuper de lui, de le réconforter. En même temps, elle ridiculisait ce même sentiment quand elle arrivait finalement à s'avouer qu'elle avait plutôt envie d'être à ses côtés, tout simplement. Lui tenir la main lui procurait des sensations diffuses et des émotions violentes. Elle tenait à lui plus qu'elle ne l'aurait souhaité. Arrivée dans sa chambre d'hôpital, elle y croisa Quins qui lui sourit d'un air penaud. D'ailleurs il se leva, replaça son chapeau sur la tête et quitta la pièce après un au revoir timide.

— Mais qu'est ce qui lui arrive ? demanda t-elle en s'approchant de Kev. D'ordinaire sa voix est plutôt bourrue.

— Oh, il s'en veut de m'avoir soupçonné. Il ne s'en remet pas. Il ne s'en remettra peut être jamais, finit-il de dire en souriant largement.

— Je t'ai soupçonné moi aussi au début. Je t'assure que je m'en suis tout à fait remise.

Kev se mit à ricaner. Il semblait en forme et avait repris des couleurs. Mais l'on sentait sous son rire une nette tendance à une mélancolie passagère. Cette émotion était naturelle après ce qu'il venait de vivre et la découverte de nouveaux faits qui avaient déjà bouleversé sa vie. Son frère, qu'il croyait mort, était réapparu dans le seul but de se venger. Il n'avait pu supporter que sa mère le prive de son affection tout en prodiguant un véritable amour à son premier né. Sa mère qui l'avait vendu à des sadiques pour se débarrasser de lui. Sa mère qui avait fait de lui un homme mentalement dérangé, si perturbé qu'il avait été obligé de se forger d'autres personnalités pour oublier ses meurtrissures. Kev glissa ses doigts dans ceux de Jamie.

— Il voulait que je paie pour ses crimes.

Elle hocha la tête. Le plan de Jason avait été minutieusement préparé.

— Pourquoi as tu tellement bloqué sur Brichard en le voyant comme un suspect potentiel ? s'étonna t-elle.

— Il ressemblait... à ma mère. Son comportement pour moi était celui d'un coupable. Ma mère avait la même attitude quand elle me mentait. En fait, je crois que sans le savoir consciemment, j'avais retrouvé chez lui les mêmes symptômes que chez elle quand elle m'assurait qu'elle n'avait pas bu. Et toi, comment as tu su pour Brichard ?

Elle s'assit à ses côtés et de son autre main elle lui ébouriffa les cheveux.

— La dernière fois je t'ai décoiffé avant que tu t'en ailles. Et tu avais un tout autre visage. Un visage qui me rappelait quelqu'un. En fait, quand Quins a hurlé qu'il avait trouvé la tête tranchée de Brady dans ton congélateur, j'ai trouvé cela grotesque. Tuer ta mère de cette façon l'était aussi. Notamment concernant l'arme que tu avais soi disant laissée tomber devant un témoin. Comme si tu voulais qu'il te voie. C'est à partir de là que j'ai eu comme un flash. Et j'ai pu tout regrouper.

— Je regrette tellement qu'il ait eu à subir tant de souffrance, souffla t-il les yeux humides. Je me sens responsable car j'ai échappé à un malheur. C'est lui qui m'a sauvé. Je pense à ma mère et je lui en veux. Mais en même temps je sais que Jason était le fruit d'un viol. Comment comprendre ? Accepter ? Je n'y arrive pas.

Elle approcha ses lèvres des siennes et lui murmura.

— C'est mon job. Tu y arriveras.

EPILOGUE

Jason était content. Il attendait de la visite. Il était emmitouflé dans une camisole de force dernier cri. Ses bras étaient complètement bloqués dans la veste en toile. Il avançait cependant avec cette arrogance qu'il n'avait plus jamais quittée durant son arrestation. Brichard ainsi que ses comparses n'avaient pu réussir à reprendre le contrôle pour pouvoir s'exprimer librement. Pour cela aussi Jason se sentait fier. Il avait réussi à les faire taire et il avait gardé la première place. Il avait pris un malin plaisir à raconter tout ce qu'il avait fait subir à ses victimes. Durant ses interventions très précises, il se léchait toujours les babines avec délectation. Lorsqu'il aperçut Kev, il lança un crachat par terre. L'infirmier le poussa un peu plus fort pour qu'il avance plus vite. Jason gardait les yeux fixés sur Kev. On pouvait y lire toute la haine emmagasinée depuis l'enfance. Mais il ne jeta aucun regard à Jamie qui se tenait à ses côtés. Il s'assit avec une lenteur exaspérante et secoua ensuite sa tête dans tous les sens pour aérer ses muscles. Kev était livide. Il n'arrivait toujours pas à voir en ce monstre le petit garçon qu'il avait été et qu'il n'avait pu aider.

— Ainsi tu es venu me voir frérot, lui lança Jason tandis qu'il s'asseyait. Note bien que j'aurais pu refuser de te voir mais j'ai pensé ensuite qu'un petit cadeau serait le bienvenu.

Kev, toujours aussi pâle, lui dit d'une voix douce qu'il était désolé. Pour tout.

— Ouais, je veux bien le croire. Tu es si convaincant. Mais maintenant maman est morte. Tu vas te retrouver seul au monde. Et je suis heureux que cette perspective soit arrivée grâce à mes soins.

Il se pencha en avant car il avait une confidence à lui faire. Ce fut avec un sourire presque démoniaque qui fit surgir toutes ses dents qu'il ajouta :

— J'ai décidé de rendre les armes. Je ne me suis pas suffisamment amusé. J'ai gardé en réserve le plus beau pour la fin. Je tire ma révérence. Je vais mourir, physiquement, une seconde fois. Je crois que donner la permission à Brichard de revenir est une excellente idée. Le pauvre, c'est lui qui va devoir se taper les visites chez les psys et les médocs dégueulasses. Moi, je continuerai à l'injurier dans sa tête. Car jamais je ne le laisserai. Il est mon ami, tu comprends.

Il ricana une dernière fois puis lança qu'il allait passer de nombreuses années à se divertir. Car une camisole de force l'empêchera même de se suicider.

— Ce con va en baver. Il n'est au courant de rien. C'est trop drôle. Adios Frérot !

Sans plus attendre, il rejeta sa tête en arrière. Dix secondes après, le visage tourmenté de Brichard apparut. En reconnaissant Jamie il eut un sursaut de contentement.

— Madame, vous êtes venue m'aider n'est ce pas ? Je ne sais pas ce qu'il se passe mais je n'ai rien fait de mal. Vous n'allez pas m'abandonner n'est ce pas ?

Jamie et Kev sentirent en même temps la peine les envahir. Kev était beaucoup trop pâle et ses yeux restaient fixés sur Brichard qui ne cessait de se lamenter avec des élans de sincérité perturbants pour ses nerfs. Jamie lui agrippa vivement la main et le força à se lever. Ils devaient s'en aller. Maintenant. Jason ne reviendrait pas. Kev hocha la tête et la suivit à l'extérieur. La voix de Brichard retentissait encore à leurs oreilles quand il s'était mis à hurler :

— Je suis innocent, madame, ne m'abandonnez pas ! Monsieur, je vous en prie !

Mais ils quittèrent la pièce sans se retourner. Kev avait les yeux inondés de larmes. Jason aurait voulu assister à la scène mais il préférait sa nouvelle cachette. Torturer Brichard allait être très amusant.

FIN

Du même auteur :

Aux éditions Harlequin HQN :

Comédies romantiques :

* A peine sortie de chez elle, Lea sent le sort s'acharner : entre ses collègues incompétents et une circulation affreuse, il y a peu de chance qu'elle réussisse à remplir la mission urgente que lui a confiée Zach Greystone, son nouveau patron, dont la réputation est d'être particulièrement intransigeant. Alors, quand elle s'aperçoit qu'une Porsche bloque son véhicule, et que son conducteur ne semble pas réagir à ses coups de klaxons, c'en est trop : elle appelle la fourrière, et tant pis pour la voiture de luxe et son si sexy propriétaire...

Format e-book. VINTAGE

Elle le trouve arrogant, snob et... bien trop riche.
Il la juge capricieuse, peste et... bien trop belle.

Accompagner sa meilleure amie à une fête ultra chic où toute la jet-set s'est donné rendez-vous ? Olivia aurait encore préféré se pendre ! Ce genre de mondanités, c'est tout ce qu'elle déteste. Sauf que voilà, elle n'a pas vraiment eu le choix... Heureusement qu'elle a réussi à trouver refuge à l'écart de la foule endimanchée qui se presse dans les jardins du château. Alors, quand un homme tente de troubler son discret exil dans la véranda tandis que la fête bat son plein, elle n'hésite pas à le rabrouer et à être très désagréable avec lui. Sauf qu'elle découvre bientôt qu'il s'agit de leur hôte, un certain Prince Edward.

Format e-book

VINTAGE

Format papier

* Il est son client le plus agaçant... et le plus séduisant.

Photographier des sportifs au Mont-Saint-Michel ? Et puis quoi encore ! Véronique est photographe de mode : la haute couture, les défilés et le luxe, voilà son domaine. Mais rien à faire, son patron ne lui a pas laissé le choix. Et en plus, elle va devoir être aux petits soins avec Nicolas Chambrun, un nouveau client très important qui doit *absolument* être satisfait du travail de la société. Alors, Véronique est peut-être la meilleure photographe de la boîte, mais elle a aussi son caractère et elle n'a aucune intention de se laisser intimider par ce M. Chambrun.

 ROMANCE MODERNE COMÉDIE

*** Il la déteste.
Elle le méprise.
Ils se désirent.**

Un sale type. Voilà ce qu'est définitivement et irrémédiablement ce Lester Donavann. Serena n'en revient toujours pas de l'arrogance de cet homme ! Comme s'il avait le droit de remettre en question ses compétences journalistiques uniquement parce qu'elle a eu l'audace d'écrire un article – tout à fait objectif – sur les conséquences du nouveau parc d'attraction qu'il souhaite construire. Résultat, Donavann l'a prise en grippe et va sûrement s'assurer de lui mettre des bâtons dans les roues. Qu'à cela ne tienne, elle ne craint personne, même pas un puissant businessman. Anglais. Qui est aussi duc. Et très séduisant.

Format e-book

ROMANCE MODERNE